怪の帖《かきもの》
美喰礼賛

宿屋ヒルベルト

竹書房
怪談
文庫

2

予約

「夜中に変な電話があってさ」

スマートフォンを片手に、欠伸しながらボサボサ頭でリビングに出てきた夫が麻耶さんに言った。

「変な、って？」

寝室は夫婦同じだが、ぐっすり眠っていたためか電話には気づかなかった。

冷蔵庫から乳酸菌飲料を取って一息で飲み干し、少しは目が覚めた様子の夫は続ける。

三時頃だったかな。着信音に起こされて。あれ、マナーモードにしてなかったけと思って見たら知らない番号でさ。そんな時間だしイタズラかとも思ったんだけど、仕事の急用だったら大変だから出たらさ。

そしたら男の声で『××亭です。ディナーの予約はいつにいたしますか？』って。

ぜんぜん聞いたことない店。ディナーって言うからにはレストランなんだろうけど。背後がずいぶんガヤガヤしてたから、遅くまでやってる居酒屋みたいな店なのかな。

で、「おかけ間違いじゃないですか？」って返したんだけど、こっちの声は聞こえてな

いみたいに一方的に、

『ご予約は二〇四五年の十二月七日以降でしたら承れます』

とだけ言って切られちゃって。めちゃくちゃじゃん。二十年以上先だぜ？　だからやっぱりイタズラ電話だったのかなと思って寝たんだけど。

朝起きたら着歴がなくてさ。そういう、非通知みたいなことってできるのかな。


「夢だったんじゃない？」

麻耶さんににべもなく返されて夫は唸った。

「そうだよなぁ……変だもんなやっぱり」

「その、『××亭』ってレストランは本当にあるの？」

あ、調べてなかったと夫は手元のスマートフォンを操作する。

「うえ。なんだこれ」

麻耶さんに見せてきたのは、廃墟好きの写真家だという人物のブログだった。

「名前で検索したらこれが出てきた。バブル崩壊で倒産して、経営者が自殺したフランス料理店だって」

その潰れた店以外、それらしいものは引っかからない。

今も現存するという廃墟は、麻耶さんたちの住まいからは遠く離れた、縁もゆかりもない西日本の某県にあるようだ。

「やっぱただのイタズラか」

そう肩をすくめる夫に、麻耶さんはつい意地悪心で言う。

「その、自殺したっていう経営者があの世からかけてきたのかもよ」

「やめてよ」

怖がりな夫は顔をしかめる。

でも――。麻耶さんは頭の中で夫の年齢を計算した。

「二〇四五年の十二月七日でしょ？　あなたはちょうど五十か」

「なんだよ」

「予約が可能って言うのはさ」


――その日には、あなたももうあの世に居るってことだったらどうする？


勘弁してよ、と笑ってから夫は顔をこわばらせた。彼の父親はちょうど五十歳の年に病死している。

しばしの沈黙の後、おずおずと夫は言った。

「とりあえず、今年から人間ドック受けてみようかな」

ご挨拶

皆さま、ようこそいらっしゃいませ。

こんにちは。初めましての方は初めまして。料理長の宿屋ヒルベルトと申します。本書をお手に取っていただきありがとうございます。

美食家ブリア＝サヴァランの著書にちなんで『美喰礼賛』と題したこの本は、その名の通り、食べ物にまつわる怖い話・不思議な話ばかりを集めてフルコースに仕立てた紙上の料理店です。

怪異と戦慄に彩られたスペシャリテの数々、楽しんでいただけたら幸いです。

皆さまが、恐怖でおなかいっぱいになってくださることを祈って。

ボナペティ《召し上がれ》！

Menu

※本書は体験者および関係者に実際に取材した内容をもとに書き綴られた怪談集です。体験者の記憶と主観のもとに再現されたものであり、掲載するすべてを事実と認定するものではございません。あらかじめご了承ください。

※本書に登場する人物名は、様々な事情を考慮して一部の例外を除きすべて仮名にしてあります。また、作中に登場する体験者の記憶と体験当時の世相を鑑み、極力当時の様相を再現するよう心がけています。今日の見地においては若干耳慣れない言葉・表記が記載される場合がございますが、これらは差別・侮蔑を助長する意図に基づくものではございません。

アペリティフ

酒にまつわる奇譚

12

墓石と酔客

「このあたりじゃ、墓に酒をかけちゃいけないって言われてるんだよ」

稲見さんが、父親と連れ立って酒好きだった叔父の墓参りに行った時のことだった。お供えに持参した日本酒を墓石にかけてあげようかと提案した稲見さんを、父がそう言って止めた。

墓石が傷んだり、あるいは虫がたかるからやめた方が良いという話かと思えば、どうやらそうではないらしい。

「なんか謂れとかあるの？」

訊ねると、

「昔からの戒めらしいよ。俺もじいちゃんから聞いた話で起源とかは知らないけど、墓石に酒をかけると、ご先祖様の霊が酔っぱらっちゃうから良くないんだって」

「酔っぱらったらどうなるの？」

「自分が死んでることを忘れて、家に帰ってきちゃうんだ」

「良いんじゃないの、家族が帰ってくるなら」

稲見さんが言うと父はニヤッ、と笑う。

「それがお前と同じように思った人がいて、えらいことになったって話もじいちゃんはしてたんだよ。じいちゃんの兄貴って人がさ、墓に酒をかけたら幽霊が帰ってくるって言うなら、早くに死んだ父親を呼びだしてやろうと思い立ったんだ。そしたらどうなったと思う？」

「え、マジで来たの？」

「それも団体でね」

父の言葉が、すぐには理解できなかった。きょとんとしているのを見透かされたのか、

「だから、酒を浴びた墓に入ってるご先祖様が、全員でやってきちゃったんだってさ」

父が語るには——

墓参りに行った日の夜中。子供だった祖父はふっ、と目を覚ました。ドン、ドンドン、という断続的な音に起こされたのだ。それは何かが家の壁や窓を叩く音だった。

起き上がった祖父は、窓越しにそれを見た。

目を凝らしても真っ黒な影みたいにしか見えない何かが、十人も二十人もいて家の周りを取り囲んでいた。

彼らは「気づいてくれ」「中に入れてくれ」とばかりに、戸や窓や、とにかく家のあちこちを何度も、何度も叩いていたという。

怖くなって布団をかぶって震えているうちに、気づけば音は静まっていたが……祖父はそれが昼間、兄が墓石に酒を浴びせたために呼び寄せたモノだと直感したそうだ。

酒をかけた当の本人は、ずっと隣で高いびきをかいていたそうだが。

父自身がその話を聞いて感じただろう疑念を、稲見さんは繰り返す。

「……それ、本当にご先祖様だったの？」

なんだかもっと禍々しい何かであるように聞こえた。

さあね、と父は肩をすくめる。

「まぁ、ご先祖様だったとしても困るよな、酔っぱらって大集合されちゃ。江戸時代の人とかまで遡ったら、たぶん言葉も通じないぞ」

父の、当を得ているのかよく分からない不安に苦笑しつつ、稲見さんも墓石に酒をかけるのは止《よ》すことにしたという。

沈みゆく店

北村さんには、行きつけというほどではないがお気に入りのバーがあった。

前の会社で営業職をしていた頃に、懇意にしていた得意先A社の最寄り駅そばにあった店で、地下のない五階建てビルの最上階に入っていた。

いわゆるオーセンティックバーで、カウンター席が八つ並ぶだけの小さな店だった。口髭を短く刈り揃えたダンディなマスターがひとりで切り盛りしていて、北村さんが早い時間に訪れることもあっていつも他に客は居なかった。

マスターは物静かだが博識で、北村さんが好きな欧州サッカーから古い日本映画、最近読んだミステリ小説の話までどんな話題を振っても、つい喋りすぎてしまうような気持ちの良い相槌をそつなく打ち返してきてくれる。

シロップ抜きのトム・コリンズか何か、甘くないカクテルをお任せで二杯頼み、最後にマスターお手製の醤油味の焼うどんで〆て一時間ほどで帰るのがお決まりのコースだった。この焼うどんが、作るところを眺めている限り別に特別なことはしていないのに、妙に旨かったという。

月に一度は店を訪れていたが、ある時、A社からの新規発注が数か月にわたってストップすることになり（向こうで社内トラブルがあったようだ）、必然、バーへの足も遠のいた時期があった。

半年ほどのちに久しぶりにバーのあるビルを訪れて、北村さんは驚いた。

バーが四階に変わっていた。

しばらく来ないうちに、建物内で移転したらしい。そんなこともあるのかと思ってエレベーターに乗り込む。

店の扉も看板も、中に入れば内装も五階にあった時のままだ。客がひとりも居ないところも。

北村さんの顔を見て、マスターがお久しぶりです、とにこやかに言う。覚えていてくれたのだと嬉しくなる。

カウンター席に腰を下ろし、北村さんは訊ねた。

「いつ引っ越したの？」

……するとマスターは怪訝な顔をした。

「引っ越し、ですか？」

「だって前はお店、一個上だったじゃない」

北村さんの言葉に、マスターはいよいよ当惑した様子で、

「当店は開店以来、ずっと四階ですが。お客様も、いつもこちらにいらっしゃっていただ

いていたかと」

そんなはずはないと思ったが、確かに据付で移動できなさそうな、一枚板のカウンターまで同じに見えた。

そうだっけ、と取り繕うように笑う。上の方の階だったという記憶が、最上階だったとすり替わっていたのだろう。たった半年で店の場所を忘れてしまうとは……我ながら呆れたものだ。

いつも通りの一時間コースで、焼うどんまで腹に収めて店を出た。変わらず楽しかったが、どこか釈然としない思いは残った。

一年ほどして、北村さんは大学の先輩が起業したまったく畑違いの会社に誘われて転職し、A社とバーのある街とは完全に縁が切れてしまった。


再び北村さんがその街を訪れたのは、二年あまり経ってのことだった。

同じ路線の別の駅の近くであったミーティング。そのまま流れで飲み会になると予想していたが、思いのほか早く話がまとまって散会になってしまった。

北村さんはふと、懐かしさに駆られてあのバーに寄ってみることにした。

店の入居するビルは、思い出よりもやや外観が煤《すす》けた印象だった。

エレベーターホールに掲示されたテナント一覧のプレートを何気なく見やる。

北村さんはゾッとした。

バーが二階に移動していた。

もちろん今度は本当に引っ越したのかもしれないが。

だが……北村さんには店を訪ねる勇気がなかったという。

二階に上がったら記憶のままの扉があり、開けたら記憶のままの髭のマスターがいて、そして「当店は開店以来、ずっと二階ですが」と言われたらと想像して怖くなった。五階と四階ならともかく、四階と二階を間違えるはずがない。

あの店はどんどん、沈んでいっている。

そしてそれに気づいているのは俺だけだ。

気持ち悪くなって、結局そのまま北村さんはビルを出たそうだ。

——そして。

「また二、三年空いたのかな。知り合いとその街で飲むことがあって、二軒目に『良い店があるんだ』と連れていかれたのが、例のビルだったんです」

まさかと思ったそうだが、知り合いの行きつけはビルの三階に入っている日本酒居酒屋だった。テナント一覧を盗み見たが、もうあのバーの名前はなかった。辞めてしまったのか、あるいは。

「ビルの前でその知り合いと別れた帰り際にね、夜風に乗ってフッ、と醤油の焦げる匂いがしたんですよ」

それは間違いなく、マスターの焼うどんの匂いだったという。

北村さんは――あの店はとうとう地下まで沈み込んでしまって、それでもまだ営業しているのではないかと思っているそうだ。

20

酒壺の蛇

東川さんの実家では、酒壺を神棚で祀っていたそうだ。

彼の曽祖父の藤次郎さんは造り酒屋の次男坊で、パリ万博視察団に同行した知人からヨーロッパの薬草酒について教えてもらい、「つまりは蒸留酒で作る屠蘇みたいなものか」と理解して独自のレシピ開発に乗り出したという。

蔵元である兄を言い含め、遊び仲間だった地元の神社の宮司と組んで縁起物として売り出す計画まで立てていたらしい。だが試作を進め、品評会への出展を繰り返しても出資者や代理店を捕まえることができず、結局、家族の反対もあり三年足らずで撤退したそうだ。

信州の養命酒や尾張の忍冬酒など日本の伝統的な健康酒を参照しながらも、もっとハイカラな酒を……と藤次郎さんが考案した調合が当時としては少々アヴァンギャルドで受けなかったのではないかと東川さんは想像している。アブサンをモデルに、焼酎にヨモギやドクダミといった香りの強い草を大量に突っ込んだ代物だったらしい。今となっては郷土史の一ページにすら残っていない、道楽者の夢の跡だ。

ただこの藤次郎さんの酒、スポンサーは獲得できなかったが酒蔵の従業員には隠れファンがいたようで、蔵の片隅で漬け込み中の試作品を盗み飲みされることが一度ならずあったそうだ。藤次郎さんは一計を案じ、蔵子たちを集めてこんな出鱈目を吹き込んだ。

「新しい酒にはマムシを漬け込んでるんだが、生命力が強いからふた月ほどは壺の中で生きているらしい。危ないのでなるべく壺には触らないように」

まるで一休さんのような解決法だが、しっかり盗み飲みはなくなったらしい。

だが安心したのもつかの間、今度は嘘を真に受けた者が蔵に入るのを怖がっていると杜氏《とじ》から苦情が入った。

「壺がカタカタ震えているのを見たって言ってる若いのもいるんですが、坊ちゃん、まさか本当に蛇を入れてるんじゃないでしょうね？」

ばかばかしいと思いながらも、兄からも咎められて藤次郎さんは酒壺を屋敷の物置に移したのだが、今度は家人や女中たちが「壺を中から叩くような音が聞こえる」「触ってないのに小刻みに揺れている」と言い出した。

もちろん、藤次郎さんが検《あらた》めてもどの壺にも酒が入っているだけだ。だが、みんなを呼んで中を見せても納得してもらえない。

カタカタ鳴っているのは、四つ持ち帰ったうちの右端の壺だと全員の証言が一致していたこともあって、さすがに藤次郎さんも気味が悪くなった。狐狸妖怪のたぐいでも憑いているんじゃないか。くだんの友達の宮司に相談したという。

宮司の親父さんが来てくれ、壺を一目見るなり言った。

「酒の香に誘われた蛇が壺に宿っている。蛇の神様は水神で縁起の良いものだから、封をしたまま神棚に祀ってあげると良い」

知り合いに吹き込まれて急にオリジナルリキュールを造り始めるような藤次郎さんである。根が素直なので、親父さんから各地の宇賀神信仰の話など聞き、蛇神様は富をもたらす福の神だと教わってすっかり気を良くした。屋敷の居間に神棚を新設して酒壺を飾り、毎朝拝んでいたという。

兄たちに止められて薬草酒事業が頓挫した後も、藤次郎さんは神棚を大切にしていたそうで、「続けていれば百万長者だったかもしれない。なんせ神様の加護があるんだから」と折に触れて言っていたようだ。


藤次郎さんが亡くなって三十年以上経った、時代で言えばバブル前夜の頃。屋敷を建て替えることになり、神棚も一時、移動することになった。

その際に事件は起こった。業者が手を滑らせて壺を割ってしまったのだという。

砕けた壺の中から出てきたものを見て、業者や家の人たちは困惑した。それは大小さまざまな骨の欠片だった。

藤次郎さんの話を知る人は「まさか本当に蛇が入っていたのか？」と驚いたそうだが、

拾い集めると明らかに哺乳類のものだろう長い骨や、指の先のように見えるものがあり、大きさからして人間の子供の腕なのではないかと騒ぎになった。

警察にも届けたそうだが、のちに鑑定の結果、ニホンザルの左前足の骨だったと判明したそうだ。

……ただ。いつ、誰がそんなモノを壺に封じたのかは一切記録が残っておらず、分からないままだという。

とりあえず返却された骨は新しい壺に入れて、今も神棚に飾られているらしい。

バッカスの日

高木さんは「一滴も飲めない」タイプの下戸だ。一度など、バレンタインに職場で酒が入っていると知らずにもらって食べたボンボンショコラ一個で、ふらふらになってしまい早退したこともあるほどだという。

九州の生まれで一族の男は揃って酒豪、親戚の集まりではダース単位で買った焼酎が瞬く間になくなるような家で、高木さんだけがまったく飲めないので家族からは不思議がられていた。

「きさんにゃ、酒ん神さまが寄らんたいね」

酒の神様が寄り付かない。

大好きな祖父から、いつかの法事の席でそんな風に言われたのが印象に残っているそうだ。この祖父というのが親族中でも一番の大酒飲みで、暇さえあれば朝からストレートの焼酎を水のように呷っていたという。しかしいつも陽気で優しく、酒に乱れたところは誰も見たことがない明るい呑兵衛だったらしい。

高木さんのことも子供の頃から可愛がってくれていた。アルコールが駄目な高木さんも、祖父とチャンバラごっこをしたり、膝に乗せてもらって一緒にテレビを見ている時に感じた酒臭い息は不快に感じなかった。

よかよか、と祖父は笑った。「そげなんもん寄らん方が金がかからんでよかばい」。体質なのだから仕方ないのだが、高木さんはいつも親族に対して疎外感を覚えていた。一度、祖父と膝突き合わせて酒を酌み交わしてみたかった。

その日は金曜日。上司に連れられて行ったクライアントとの打ち合わせの帰り。元々、夕方のミーティングで直帰の予定だった。「メシ食ってこうか」と誘われ、駅前通りの定食屋に入った。

その時だ。上司が飲んでいる瓶ビールが妙に美味しそうに見えた。

輝くような黄金色、冷えて曇り始めるグラス、底から上がるきめの細かい泡。

「……あの、僕も一杯いただいて良いですか？」

上司は目を丸くした。

「何言ってんだ。無理すんなよ」

高木さんの下戸は上司も承知している。今夜だって、飲みに行こうと言わず定食屋を選んだのは、自分に気を遣ってくれたのだと高木さんも分かっていた。

だが、なぜか無性に飲みたくなったのだ。

「今日はイケる気がするんですよ」

大真面目な顔で身を乗り出してきた高木さんに気圧された様子で、上司は「……じゃあ、俺の飲みさしで良かったら」とグラスをもらって注いでくれた。

一息でグラスを空にして、高木さんは驚いた。爽やかな苦みと、喉を通り過ぎる炭酸の冷涼な刺激。ビールってこんなに旨いものだったのか。

もう一杯、良いですかとねだる高木さんに上司が頼んでくれた追加の中瓶も、日本酒も飲んでみるかとすすめられた二合徳利《とっくり》も瞬く間に飲み干してしまった。

「その辺にしといた方が良いぞ」とさすがに心配した様子の上司にたしなめられ、そこでお開きになった。

だが、高木さんはまだ飲み足りない。

帰り道、自宅最寄りのバス停そばにある深夜営業のリカーショップの灯りに、吸い寄せられるように入店した。もちろん、これまで一度も入ったことのない店だ。

奥の棚に、ラベルに見覚えのある四合瓶を発見した。彼の地元の蔵元がつくっている芋焼酎。祖父がいつも旨そうに飲んでいた酒だった。よほど売れていないのか、少し埃をかぶっている。

これだ。高木さんは瓶を手に取った。

買って店を出ると居ても立っても居られず、そのまま前の駐車場に座り込んで封を開け、焼酎をラッパ飲みしたそうだ。焼き芋のような甘い香りが鼻を抜けるが、飲み口は軽やかでベタつかず飽きることがない。脱水気味の時に飲むスポーツドリンクのように、身体が欲していていくらでも吸収されていくようだった。

ものの一分ほどでストレートで一本空けてしまって、そこでやっと物足りない気持ちも人心地ついたという。立ち上がったが足取りが乱れる気配もなく、さすがに自分でも不思議に思いながら帰宅したそうだ。

翌朝。高木さんは寝床で爽やかな気分で目覚めた。あんな量を飲んだのに、二日酔いの感覚はない。

起き上がった高木さんは、デスクの上に置かれた缶チューハイに手をのばした。

焼酎の一気飲みで満足したはずが、自宅マンションの前のコンビニで「寝酒にするか」とダメ押しに購入したのだった。だが、寝室に入った途端、強烈な眠気に襲われそのまま放置してしまった。

ぬるまっているチューハイを手に取って昨夜のことを思い出す。

自分は飲めないと思い込んでいる何年かの間に、体質が変化したのだろうか？　俺は飲めるようになったのか？

どうせ仕事のない土曜だと思い、試しにと缶のプルタブを開けた。

あっ。駄目だ。

立ち上った僅かなアルコールの匂いを嗅いだだけで頭が痛くなるのを感じた。度数六％

の甘い酒でこうなら、ストレートの焼酎なんて飲めるはずがない。
じゃあ、昨日は一体……？
高木さんは、ふと壁のカレンダーに目をやった。
そして思い出した。
あー、そっか。
おじいちゃんが「寄った」んだ。
金曜は、五年前に亡くなった祖父の命日だった。

オードブル

前菜と軽食にまつわる奇譚

音速ピザまん

中山さんは、埼玉県の某市にある個人の士業事務所で事務員をしている。所長である年配の「先生」とその娘婿である「若先生」、中山さんともう一人、ベテランのパート事務員の女性で回している小さな事務所だ。

朝九時の始業で、先生方は八時半過ぎに出勤してくるので、中山さんたち事務員は八時頃に事務所にやって来て、ちょっとした掃除などの雑務を済ませておくのが日課だった。

その日は中山さんが一番乗りだった。預かっている合鍵でドアを開け、オフィスに入る。「あれ」と思った。若先生のデスクの上に、昨夜の退勤時にはなかったコンビニのレジ袋が置かれている。

なにか良い匂いがした。トマトっぽい……ああ、ピザまんの匂いだ。レジ袋を見て連想した。袋の中を覗くと、やはり紙袋に包まれた中華まんが四つ、無造作に突っ込まれている。そっと触れてみると、まだホカホカしていた。

みんなで食べようと、若先生が買ってきてくれたのか。しかし、だとすると本人はどこに行ったのだろう？　奥の会議室にも、トイレにも誰も居なかった。何かコンビニで買い忘れて、もう一度外に出たのだろうか。

やって来たパートさんにその話をすると「へえ、珍しいね若様が」と笑われた。確かに、若先生が事務所に手土産の類を持ってきたことなど、今まで一度もなかった。気が利かない……という訳ではないが、何かを周りと分け合って食べようという意識のない人なのだ。クライアントのお持たせで三個入りのゼリーやケーキをもらって、冷蔵庫に入れておいてどう分けようかとみんなで話している間に、勝手にひとりで二個食べてしまうような奔放な食いしん坊なのである。

その食いしん坊が、先生と連れ立って出勤してきた。中山さんがピザまんについて訊ねると、「いや俺、今来たばっかりだけど」と言って首をひねる。先生も知らないと言う。

「お客さんが差し入れに置いて行ったんですかね」

と先生は言うが、出入り口が施錠されていたのは中山さんが確認済みだ。

にわかに気味の悪い話になってきた。

「じゃあ——誰が？」

何者かが始業前にこっそりと鍵を開けて侵入し、ピザまんを置いて去っていった？　誰が、なんのために。

「殺し屋とかのメッセージなんじゃないの？」

とパートさん。

「ほら、『俺はいつでもここに侵入できるんだぞ』っていう警告でさ」

大真面目な顔で『ゴッドファーザー』の馬の生首みたいなことを言い出す。イタリアのマフィアだからピザまんだとでも言うのか。

一応、みんなで金庫やキャビネットはチェックしたが、荒らされた形跡はなかった。窓にもちゃんと鍵がかかっている。

先生は不安げに言った。

「殺し屋説はさておき……警察には届けた方が良いかもしれませんね」

「これまだ少しあったかいから、置かれてそう時間は経ってないね」

背後でべりっ、と包装紙を破る音がしたのでまさかとは思ったが、見ると若先生がピザまんをもぐもぐ食べていた。

パートさんが呆れた声を上げる。

「よく食べれますね、そんな得体のしれないピザまん」

「毒は入ってなさそうだよ。……でも、この辺に××ストアなんてあったっけ」

包装紙に印刷された店名を見て、若先生は眉を顰める。全国チェーンだが、確かに中山さんも事務所の付近では見かけたことのないコンビニだった。

袋をごそごそ漁って、若先生はそれを見つけた。下敷きになって中に入っていたらしいレシートだった。

「なんだこりゃ、ちょっと見てよこれ」

レシートに印字された支店名と住所は、事務所から遠く離れた静岡県の地名になっていた。新幹線を乗り継いだって二時間はかかる場所だ。

「どういうこと？　時間もおかしいじゃん」

パートさんが指さす。レシートの発行時刻はその日の「07：52」、中山さんが出勤してきてピザまんを見つけるたった十分ほど前だというのだ。

三百キロ近い距離を、十分足らずで移動してきたピザまん？

「異常」を明快に突き付けられて、中山さんたちは何も言えなくなった。

「……悪戯でしょう。そんなレシート、いくらでも偽造できる」

ややあって、沈黙を破ったのは先生だった。

「さっ、仕事を始めましょう」

「あの警察には……？」

「必要ありません」

中山さんが訊ねると、先生はぴしゃりと言い捨てた。警察と言ったのは先生なのに。上着のポケットに突っ込んだ手が震えているように見えたのも気になった。

あからさまに顔色が変わったのは、レシートの地名を見てからだ。

先生は何か知っている。

みんな分かっていたと思う。だからこそ、誰も何も言えなかったのだろう。

残りのピザまんはゴミ箱に遺棄され、いつも通りの業務が始まった。

中山さんはこっそり、くだんの地名と先生の名前でネット検索してみたが、何も引っかからなかったそうだ。

「×年くらい前の話ですけど、事務所にそういう変なモノが現れたのはそれっきりですね」

中山さんはそう言ってから、声を潜める。

「ただあれ以来、時折妙に早く……八時前に先生が出勤されていることがあるんですよ」

もしかしたら届いているのかもしれない。先生が隠しているだけで。そうほのめかして中山さんは話を締めくくった。

枝豆ミラクル

『居酒屋に行く予定はあるか』

友井さんのＴｗｉｔｔｅｒのＤＭ欄に、そう一行だけ送ってよこしてきたのは高校時代の先輩の辻さんだった。

昔から言葉の足りない人なのは分かっていたが、藪から棒な問いに戸惑った。

だが折よくと言うか、ちょうど次の日の晩に、職場の近くに新しくできた三百円居酒屋に部署のみんなで行ってみようということになっていた。

『明日、会社の人と飲みですけど』

すぐに返信が来る。

『枝豆を頼んで二粒のサヤと三粒のサヤがそれぞれ何個ずつだったか数えてみろ』

いよいよ意味が分からない。

『どうしてですか？』

『理由は追って話すよろしくな』『お楽しみに』『報告待ってるからな』

句読点のない三連のメッセージが送られてきて、それで満足したのか『みんなで行くんで注文できるか分かりませんよ』と返した友井さんのメッセージには既読もつかない。なんと勝手な……友井さんは呆れた。

翌日、飲み会の席でその話をすると、笑われながらも、

「でも確かに、それぞれ何個かなんて意識したこともなかったな」

「三粒が多いと得した気はするけど」

「基本は二粒なんだよね？」

「そもそも一人前が何個なのかも分からないね、言われてみたら」

ちょっとした盛り上がりを呼んで、注文してみんなで数えてみることになった。

小鉢にこんもりと盛られた枝豆は全部で二十八個、うち十九個が粒二つのサヤで、三粒のサヤは五つ。粒一つのものが三つあり、四粒入りのサヤがひとつあったのを見つけた時には場が沸き立った。

辻さんに報告すると、夜中になってから矢継ぎ早に返事が来た。

『週末空いてるか』『店の名前を伏せて俺をその居酒屋に連れていけ』『面白いものを見せてやる』

相変わらず句読点がないし、唐突だ。しかし、乗りかかった舟だ。幸い、日曜の夜なら空いていた。

最寄り駅で待ち合わせして、そこまでする必要があるのか知らないが目をつぶっている辻さんの手を引いて店に行く。

「よし、枝豆を頼め」

おしぼりで顔を拭き終わった辻さんが、自分で注文すれば良いのにやけに重々しく友井さんに命じる。

枝豆の小鉢がやって来ると、辻さんは大仰に両手を上げてみせた。

「俺は一切手を触れないから、前と同じように枝豆を数えてみろ」

なんなんだ一体。いよいよ呆れ果てつつ、友井さんは枝豆に取り皿に選り分け始める。

——すぐに異変に気付いた。

届いた小鉢の中の枝豆、二十六個がすべて三粒入りのサヤだったのだ。

顔を上げると、辻さんが得意げに親指で自分を指す。

「驚いたか。これが、俺が得たパワーだよ」

「パワー？」

「実はさ、」

辻さんはわざとらしく声を潜める。

「飲み屋で仲良くなったオッサンからもらったんだよ」

そう言って、左の手首に巻いた不格好なブレスレットを突きつけてきた。

「確率を味方につけられる数珠だって言ってさ。オッサンはもう二の腕くらいまでびっしり何十本も巻いてて、その一本をくれたんだよ」

ピンク色のお花のビーズで作られた、妙にガーリィな品だったので友井さんも駅で会った時からずっと気になっていた。左手の小指と薬指が、ガーゼでぐるぐるに巻いてあることと同じくらい。

「たまたまその前に、俺が枝豆を注文してたのを聞いてたんだな。『これが切れるまでお前が食う枝豆は全部、三粒入りになるよう念を込めた』つって。そしたら、出てきた枝豆が――」

そう言って、不器用にウインクしてみせる。

あまりに荒唐無稽な話だが……。

「俺はこの店のことを知らなかったし、小鉢には一切、手を触れてない。何か仕込むのは不可能だ。そうだろ？」

騙されるな。内心で自分に言い聞かせる。向こうのペースに呑み込まれて、こんな与太話を信じてどうする。

「……まさかその、幸福のブレスレットを俺に買えって言うんじゃないでしょうね？　先輩はいくら取られたんですか？」

切り返すと、辻さんはかぶりを振った。

「タダだよ、タダ。まぁ勿論、バランスを取るための代償はあるんだけどな」

「代償？」

辻さんは左手をひらひらさせた。

「転んで爪がもげちゃった。ま、このくらいの運の操作だったら痛い目を見るのは軽いの一回きりだってオッサン言ってたから」

頼んだホッピーを一気に煽って、取り皿の枝豆を咥えると辻さんは苦笑いを浮かべた。

「あのオッサン、数珠を何個も何個も巻いてさ。競馬とか、宝くじとか、それで食ってけてるんだって。でもさすがに真似はできねえな。だってオッサン、」

右腕がスッパリなかったんだぜ。

手刀を右肩に当てて、辻さんは切断のジェスチャーをする。

友井さんは息を呑んだ。


ぱちん。


その瞬間、ブレスレットのゴムが弾けた。

テーブルに散らばるビーズを拾い集め、ありゃりゃりゃと慌てている辻さんに渡す。

「ブレスレットが切れるまで、って言われたんですよね？　じゃあ……これで効果も『切れた』ってことですか」

「そんなぁ……」

情けない声を上げて、辻さんは顔をしかめる。

「ちなみに先輩。今まで何回、枝豆注文しました？」

「これ含めて三回」

「爪二枚剥がれて枝豆三回じゃ、元取れてませんて」

泣きそうな辻さんを尻目に、友井さんは枝豆をしがんだ。

平井さんのサラダ

北山さんの姉のＹさんが亡くなったのは、その年の二月のことだったという。

進行の早い胃がんで、人間ドックで見つかった時には既に転移も進んだステージ4。結局、発見から半年も経たず彼岸の人となってしまった。

地元で行われた通夜と葬儀には町中の人が駆けつけてくれ、北山さんは姉がこれほど多くの人に慕われていたのかと驚いたという。

離婚を期に実家に戻っていたＹさんは、持ち前の社交性と行動力で地域の中心人物になっていたようだ。商店街を盛り上げるためのスタンプラリーや老人ホームのカラオケ大会、公民館での夏祭りなど、さまざまなイベントを友人たちと手作りで企画し運営していたという。

葬儀委員長を買って出てくれた、お向かいに住む町内会長の平井さんなど、ずいぶんＹさんを気に入っていたようで、弔辞を読みながら号泣する姿に北山さんは唖然としたそうだ。精進落としの席でも、ビールで顔を真っ赤にしながら「Ｙちゃんが居てくれたらこの町は安泰だと思ってたのに」と、しきりに父に言っていたという。

そのＹさんの遺骨が盗まれた。

亡くなってひと月ほど経った三月の終わり、まだ四十九日の法要前で寝室に祭壇を立てて安置していたのを、骨箱ごと持っていかれた。リビングの掃き出し窓が割られていたらしい。両親の旅行中を狙った犯行だった。

北山さんが、落ち込むふたりに気分転換にとお金を出して贈った温泉旅行だ。それだけに責任を感じた。父も母も、痛々しいほど憔悴してしまっていた。

目深にかぶった帽子とマスクで顔を隠した怪しい男が、実家の周辺をうろついているのを見たという平井さんの証言もあって、近所では別れた元夫がYさんの死を知って持って行ったんじゃないかという噂が立った。母は警察にその話をしたようだが、裏を取ったのかどうか、結局、犯人も骨箱も見つからないままだった。

両親を心配した北山さんは、その年のお盆には久しぶりに長く日にちを取って帰省することにしたという。

「ああ、お帰りなさい」

実家に着いたところで平井さんに声をかけられ、北山さんは頭を下げる。平井さんは玄関先で、プランターいっぱいに実ったトマトに水をやっているところだった。

「ちょっと待ってて!」

平井さんは家からザルを持ってきた。赤く熟したトマトを見繕って二、三、もいで北山さんに差し出す。

「親御さんと食べてね」

にっこり笑う人懐っこい笑顔に癒された。お礼を言って別れ、玄関先で出迎えてくれた母に渡す。

平井さんは両親のことをかなり気にかけているらしく、週に一度は何か手土産を持ってちょっとしたお喋りをしに来てくれるのだという。

「ほら、平井さんも奥さんと娘さんを事故で亡くしてるでしょ？　たぶん、似た境遇だと思って私たちに同情してくれてるのよ」

有難いね、と言って母はぽろりと涙をひとつこぼす。

閉鎖的で不便な地元を疎んで、東京で就職して帰らなかったクチの北山さんだが、この時ばかりは「田舎の人の温かさ」に感謝したという。

その夜、平井さんのトマトは母が、角切りにして水にさらした新玉ねぎと和えたサラダに仕立てて食卓に上った。

見るからに瑞々しくて美味しそうだ。大きな一かけを口に運ぶ。

ん。あれ。

果肉を噛み締めた瞬間、口の中に広がったのは想像するトマトの風味ではなかった。

鉄っぽいような、ちょっと生臭いような匂い。

端的に言えば、血の味だ。

頬の内側でも切ったかと水を飲んで探ったが、やはりトマト自体の味のようだった。

「ねえ、このトマト変な味しない？」

北山さんが訊ねると、父も一口食べてみて、なんだこりゃと顔をしかめた。

「ドレッシングの味じゃないよな？　普通のと品種が違うのか」

などと呟きながら首をひねる。

「やあね、よそ様からの貰い物に」なんて言っていた母も、実際に口をつけると困ったような顔になった。

傷んでるんじゃないかと父が言って、そのあと誰もサラダに手をつけることはなかった。

翌日、近所のスーパーで平井さんと顔を合わせた時には、つい「美味しかったです」と言ってしまったそうだが。

「嬉しいなぁ。僕もね、昨日冷やして食べたんですよ」

まさに好々爺という感じの平井さんの笑顔に、こちらはぎこちなく作り笑いするしかなかった。

そして冬になった。平井さんが死んだ。

町内の新年会に顔を出さなかったのを心配した近所の人が家まで覗きに行って、布団の中で冷たくなっている平井さんを発見したという。死後四日ほど経っていたが、季節柄、幸いにも腐敗は進んでいなかったそうだ。

警察が入り、平井さん宅の台所から「それ」が見つかった。

Yさんの骨箱だ。

母からの報せを受けて北山さんは驚いた。遺骨を盗んだ犯人は平井さんだったのだ。箱と壺は見つかったが、中の遺灰はなくなっていたらしい。遺棄された可能性があると言われ、ふと北山さんの脳裡によぎるものがあった。

あのたわわに実った、血の味のトマト。

電話口の母に告げる。

「ねえ、警察の人に言ってみてくれないかな」

もしまだあの家の玄関先にプランターが置いてあったら、その土に何か混ぜられてないか調べてほしいって。

バーガーショップのあいつ

あの、世界最大のハンバーガーショップチェーンにまつわる話である。

店名と同じ苗字を持つピエロのあいつ以外にも、あのチェーンにはCMや子供向けセットの玩具に使われるキャラクターが何人もいたのを覚えているだろうか？　商品やキャンペーン自体にスポットを当てた広告戦略に切り替わったことで、彼らは日本では二〇〇七年頃を境に姿を消したらしい。

……そんなことをふと思い出し、大山さんは話を振った。

「昔さ、マ〇クに色んなマスコットみたいなのがいたの覚えてる？」

いつもつるんでいる、職場の同僚三人での飲み会の帰り。ひとりがどうしても〆にこのチェーンの期間限定のソフトクリームが食べたいと駄々をこねたので、みんなで駅前の深夜営業店舗にやって来た。

そういえば三人とも、居酒屋では飲んでばかりでほとんど食事を注文しなかった。それほど乗り気ではなかった大山さんも、店に入ってみるとなんだかお腹が減ったような気がして、フライドポテトが揚がる香りに誘われて色々、注文してしまった。

駄々の張本人である倉知さんが、念願のソフトクリームをつつきながら応じる。

「いたなぁそんなの！　セットのおまけのゼンマイのおもちゃ持ってたわ」

言いながら、スマートフォンで画像を検索する。

「うわ、懐かしい！」

がっつりダブルチーズバーガーを食べている深水さんが、倉知さんの手元を覗き込んで感嘆した。

白黒のボーダーの服を着た泥棒のあいつや、ゴーグルを着けた鳥の女の子のあいつ、シェイクが好きな紫色のモンスターのあいつ……三十代そこそこの彼らには馴染みのない、海賊や科学者の古いキャラクターも出てきた。

「ぜんぜん知らん。こんなちゃんと人間の形したやつもいたんだ」

「そういえば最近、ド○ルドすらあんまり見かけなくね？」

「やっぱ怖いからじゃない？」

すると、ふと深水さんが自分のスマートフォンで何か調べ始めた。うーん、と唸っている。

どうしたのか訊ねると、

「検索しても出てこないキャラがいてさ」

名前も知らないキャラクターなのだが、ウェブ百科事典のページを見ても、画像検索でいと言う。

出てきたマスコットが集合しているイラストや着ぐるみの写真にも、それらしいのがいな

「どんな奴？」

大山さんが水を向ける。

「なんか真っ黒くて、ボウリングのピンを太くしたみたいな形しててね。長くて細い腕がそっから伸びてて、確か足はなかったんじゃないかな。あれ、どうだろ……で、その黒い体のてっぺんにおじさんの顔がくっついてるの。お面みたいに」

姿を想像してみるが、思い当たらない。倉知さんが言う。

「カ○ナシみたいな感じ？　『○と○尋の神隠し』の」

国民的アニメ映画の名前に、深水さんが、あーっ、と声を上げた。

「確かに！　思ったことなかったけど、イメージとしてはめっちゃ近いかも。でもね、顔はリアルなおじさんなの。にっこり笑ってる優しそうなおじさんで、喋ったりはしないんだけどいっつもご機嫌で鼻歌うたってるの」

大山さんは倉知さんと顔を見合わせた。

「いたかなぁ、そんな奴？」

「え、それはCMとかに出てたってこと？」

倉知さんに訊かれ、深水さんはかぶりを振る。

「CMじゃなくて、お店にいたんだよ」

「像みたいなのが立ってたの？」

「じゃなくて。普通に、店の中をウロウロしてるの」

話が見えなくなってきた。深水さんは続ける。

「幼稚園くらいの頃、実家の近所のお店に連れてってもらったら、いっつも大きなそいつの着ぐるみがいてね」

いつも？

「鼻歌うたいながら歩き回ってるの。客が食べてるものが気になるのか時々、ぐーっと体を屈めてテーブルを覗き込むってのを繰り返してるんだけどね。まっすぐに立ったらもう大きすぎて天井に頭がぶつかってるの」

「じゃ何、三メートルくらいあったの？」

「たぶん。斜めになって天井にずずーっ、ずずーって擦りながら歩いてるから窮屈そうだったよ」

「……それが、いつ行っても店にいたって？」

倉知さんの声は明らかに戸惑っていたが、深水さんは気づいていないようだった。

「うん。でさ、ずっといるからもう当たり前になっちゃってたんだろうね。周りのお客さんは誰も相手にしてないの。覗き込まれても無反応で。なんか意地悪で無視されてるみたいで可哀想に思えてさ。俺、そいつがテーブルの近くに来たら手を振るようにしてたんだ。そしたら顔がニコーって笑って頭撫でてくれるの。あー、あいつ名前なんて言うんだろ」

「……なあ深水、そいつのこと、他の店で見たことあるか？」

深水さんが目を丸くした。

「そういえばないかも！　そのお店でもいつの間にか見なくなったし。もしかして公式じゃないオリジナルキャラだったのかな？」

呑気にそう言って首を傾げる深水さんを尻目に、大山さんはまたそっと、倉知さんと視線を合わせた。

——それ、お前にしか見えてないやつだったんじゃない？

本人の中では悪い思い出ではなさそうだったので、深水さんにそうツッコミを入れるのは我慢したそうだ。

厭な小鉢

前から気になってた店ではあったんですよ。

半年くらい前から、会社帰りにはダイエットのために一駅手前で降りて二キロばかり歩いて帰宅するってことを続けてて。

そのいつも通る道沿い、大通りから一本入った細い路地にぽつん、と赤提灯が一個出てるんです。覗いてみると古民家風って言うのかな、間口は狭いけどちょっと趣ある感じの店構えでね。提灯には筆文字で「馬」と一文字だけ書いてあるんです。へぇ、馬刺しとかを出す店なのかなと思って。僕、馬肉けっこう好きなんですよ。

でも、減量のために歩いてるのにその途中で飲み屋に入っちゃ元も子もないでしょ？だから毎回、その路地の前を通るたびに気にはかかってるんだけど、入ったことはなかったんです。

でね、先月の十七日の土曜ですよ。

関西で就職した友達が仕事でこっちに来るって言うから、飲む約束してたんです。でもそれが向こうの都合でキャンセルになっちゃったんですよ。で、それならひとりでどこかで飲もうかなってなって、その「馬」の居酒屋に行ってみようと思い立ったんです。

家からだったら一キロもない場所なんでね。てくてく歩いてって。

で、店入ったらもうほとんど満席って感じで。まだ六時過ぎなのに、地元の人なんだろうなっておじさんたちが顔を真っ赤にしてゲラゲラ笑ってるんですよ。

そしたら、割烹着みたいなの着た女将さんが、カウンターからこっちをパッて見て「あら、ご無沙汰ね」って言うんです。

いや、初めて行ったんですよ。えっ、とは思ったんですけど、そのまま、

「いつもの席空いてるよ」

ってカウンターに通されて。はぁなるほど、最近来てない常連さんと間違えられてるんだなって分かったんです。

言われるままに席に着いたら、誤解をとく前にぽん、と目の前に小鉢と徳利が置かれて。

「はい、ミツダさんのいつものやつ」

つって女将さんニコニコ笑ってるんですよ。どうやら常連さんはミツダさんって名前らしいんですけど。

いや、いつも注文してるメニュー覚えてるなら顔を覚えてやれよって思ってなんだか面白くなっちゃって。向こうが気づくまでこっちからは言わないようにしようかな……なんてイタズラ心が出ましてね。

で、出てきた小鉢がまたなんか変なんです。

ゼリーなんですよ。駄菓子みたいなピンク色した、立方体に切ったプルプルの、半透明のゼラチン質なんです。で、その中にちっちゃいタピオカみたいな白いつぶつぶがいっぱい浮いてて。

だから、てっきり甘いものだと思って。なんで酒のアテにそんなの出してくるんだろうなと思いながら食べたら、びっくりしたんですけど。

めちゃくちゃ肉の味がするんですよ。完全に豚の角煮の味なんです。どういうこと？　ってなって。だからあの、肉の脂を使った煮凝りみたいな料理だったんだと思うんですけど。だからまずくはないけども、見た目と味が違いすぎると気持ち悪くて食えないですね。

箸をつけちゃったもんはしょうがないからこれは残すとして、口直しに何か注文しようとメニューを探してたら……女将さんが二つ目の小鉢を出してきたんです。

「これも好きだったよね、ミツダさん」

そっちも不気味で、イカ墨でも使ってるのか、溶けたアスファルトみたいな真っ黒な半練りのペーストが鉢に擦ってあるんですよ。

なんなんだと思って。

さすがに付き合ってられないから、言ったんです。

「すいません僕、ミツダさんじゃないです」

そしたら女将さん、こっちを馬鹿にしたみたいに笑いだして。

「何言ってるの。だってミツダさんじゃない」

「いや人違いですって」

「でもミツダさん、それ食べたじゃない」

箸で突き崩したゼリーの小鉢を顎でしゃくって言うんですよ。

「食べたんだから、あなたミツダさんなのよ」って。

意味分かんないじゃないですか。こりゃ駄目だな、ちょっとおかしい人なのかもしれないと思って、退散することにしたんです。

もう最後まで話通じなくて。お会計してくださいって言ったら、

「ミツダさんなんだから良いのよお金なんて」

って返されて。僕も、変なモノ食わされて変なこと言われて、イライラもしてましたからあーそうですかっつって、金払わずに店を出たんですよ。

で、アパートに帰って来たら、ちょうど買い物帰りの大家さんに出くわしたんです。あ、うち、大家さんが隣に住んでるんですよ。

こんばんは、って声かけたら愛想良く手を挙げて、

「ああ、ミツダさん」

って言うんですよ。

ゾッとしましたよ。びっくりしすぎて何も言えなくなっちゃって。まごまごしてたら大

家さんは頭下げて行っちゃって。

いや、聞き間違えだよな……と自分を納得させて部屋に戻ったら。部屋の表札も「ミツダ」になってたんですよ。

でね。僕、それ以来、ミツダさんになっちゃったんです。何も変わんないんですよ。家も、勤め先も、家族も友達も。なのに名前だけがミツダに変わっちゃったんです。ほら、免許証も。保険証も。どういうことなんですかね、これ。


――そんな話を滔々《とうとう》と語られて、道尾さんは困惑した。

残業終わりに職場の近くにある定食屋に寄ったら、何度か喋ったことのある他部署の後輩がいたので声をかけたら捕まった。

相手のテーブルに空のビアジョッキがあるのは見ていたが、どうやらこれが一杯目ではなかったようで、かなり聞こし召した様子だった。

赤ら顔で長財布から免許証を取り出してこっちに突き付けられても、困ってしまう。

道尾さんが知る限り、彼は入社時からミツダくんだったはずだからだ。

「分かった分かった。ともかく、飲みすぎないようにね」

いなして河岸《かし》を変えようと立ち上がると、ミツダくんは寂しげに微笑んだ。

「道尾さんも僕の名前、覚えてないんですね」

ミツダくんは今も、その会社で真面目に勤めているそうだ。

パン

主食にまつわる奇譚

まぼろしベーカリー

西澤さんが転職のために引っ越しして、最初の日曜日だったそうだ。

四月、新生活の幕開けにぴったりの快晴だった。目覚ましも鳴らさず早くに起きた西澤さんは、思い立って街を探検してみることにした。

買ったばかりの自転車にまたがり、走り出す。近所の小学校前の四つ角で通勤路とは逆方向にハンドルを切った。突き当たった大通りを南に曲がれば、三キロほどで出勤に使っているのとは別路線の駅にぶつかることは以前、地図で見て知っていた。

スピードを緩め、のんびりと自転車を走らせると色々な発見があって楽しかった。長居できそうなカフェチェーンの大型店舗。図書館と、併設された噴水のある公園。看板代わりに可愛いゾウの絵が壁面に描かれたアジアン雑貨のお店。近所にこんなのあったんだ！と、わくわくする。

知らないフィットネスジムの前に「春の入会費無料キャンペーン」のポスターが出ていて月会費もそれほど高くないのを見ると、入ってみようかな……なんて気まぐれに思ってしまうし、コインパーキング横の煙草の自販機で、昔の恋人が吸っていた海外のマイナー銘柄を見つけた時には少しセンチメンタルな気分にもなった。

二十分ほどもうろついていただろうか、ふと西澤さんの鼻腔をかすかな、しかし堪らなく良い香りがくすぐった。

（パン屋さんの匂いだ！）

焼き上がった小麦の香ばしい匂いが溶けたバターと混ざり合った、あの思わずうっとりしてしまうような温かな香りだ。

朝ごはんも食べずに飛び出してきた西澤さんは、途端に空腹を覚えた。

せっかくのお天気だ。焼きたてのクロワッサンでも買って、先ほど通り過ぎた公園のベンチでいただくなんて良さそうじゃないか。

西澤さんは匂いの元を探すことにした。ここまで届いているのだから、パン屋さんはすぐ近くにあるはずだ。

と、思ったのだが。

あたりをぐるぐる、細い路地まで入り込んで探し回っても、パン屋さんは一向に見つからなかった。

駄目だ。文明の利器に頼ろう。今日の「探検」はスマホの地図アプリは見ないで行き当たりばったりでやろうと決めていたのだが……腹ペコでそれどころではなかった。

だが、検索してみてもパン屋と言えば、だいぶ行った駅の構内に一軒あるだけで、西澤さんがいる周辺にはそれらしい店はなさそうだった。

じゃあ、この匂いは？　未練がましく、どうにか香りの流れてくる方向を嗅覚で探ろうとしたができるはずもなく、そういえばそもそも財布を家に置いてきたことを思い出した西澤さんは、諦めて帰宅することにした。

心残りのためか、どこまで走ってもあのパンが焼ける香りがしている気がしたという。まるで、追いかけてくるように。

クロワッサンが食べたいよぅ。ひもじいよぅ。

そんなはずないのに、自宅のアパートに近づけば近づくほど、香りが強くなっているようにさえ思えたそうだ。

そしてそれは錯覚ではなかった。

アパートに戻り、部屋の玄関を開けた途端――暖気が西澤さんの頬を撫でた。

「なんで……？」

今まさに焼きたてのパンを窯から取り出したような甘く香ばしい匂いが、なぜか部屋中に充満していたという。

アパートの取り壊しが決まって引っ越すまでその街では三年、暮らしたが、そんなことは一度きりだったそうだ。

不思議だったが、たぶん風向きの関係でどこか遠いパン屋さんの香りが運ばれてきたんだろう……そう解釈していたという。

引っ越してからさらに二年ほど経ったある日のことだ。なんの縁か、かつての住まいのすぐ近くに妹夫婦が新居を構えたので、西澤さんは新築祝いを持って遊びに出かけた。

壊された前の家がどうなっているか気になって、帰りに覗きに行ったという。

西澤さんは驚いた。

建て替えでマンションになるとは聞いていたが、一階のテナントに洒落たベーカリーが入っていた。

ちょうどパンが焼き上がったのだろうか、香ばしく温かい香りが漂ってくる。

あの日と同じ香りだ。西澤さんは直感したそうだ。

「だから私が嗅いだのって、なんだろう？　時空を超えた、未来の匂いだったのかな……なんて」

もちろん店に寄って、五年来の念願のクロワッサンを並んでいるかぎり買い占めてやったそうだ。辛抱堪らず、駅までの途中の路上で平らげてしまうほど美味しかったらしい。

良かったね、西澤さん。

おにぎりより愛をこめて

売っているおにぎりが食べられない、と船戸さんは顔をしかめる。

「コンビニの、いかにも工場で機械で作ってますっておにぎりはまだ良いんですけど……スーパーで売ってる、海苔を巻いた上からラップでくるんだ、ちょっと手作りの気配を感じるやつあるじゃないですか。アレが駄目になっちゃって」


大学の卒業式を控えた三月のことだったという。

当時、大学のそばのアパートで独り暮らしをしていた船戸さんには、贔屓にしているスーパーがあった。夜八時に閉まってしまう個人経営の店だが周辺では一番広くて安く、特に店内調理の総菜がお値ごろで美味しいのが気に入っていた。閉店時間が早い分、値引きのシールが貼られるのも早く、大学図書館でのバイトを上がって七時くらいに寄るとちょうど色んなものが安くなっていたそうだ。

よく買っていたのが、握りこぶしほどもある「ジャンボおにぎり」だった。特に明太子と筋子が半々で入っているものがお気に入りで、就活で病んで自炊する気力もどこかで外食しようという想像力も湧いてこなかった時期など、週四、五のペースでジャンボおにぎりだけで夕食を済ませていたという。

その日も、百円に値引きされていた明太子&筋子のおにぎりを買って帰宅した。その頃は就職先も卒業も決まって心が安定していたので、ちゃんとカップスープとヨーグルトを合わせて文化的な夕食にしたそうだ。

ラップを剥ぐと微かに広がる、しっとりした海苔の良い匂いが食欲をそそる。

おにぎりにかぶりつくと、一口目で違和感に気づいた。上下の歯の間に、噛み切れないキシッとした薄い何かが残る。明らかに、食べられるものの食感じゃない。パッケージの一部か何かが混入していたのか。

手に吐き出すと、それは三センチ角ほどの紙片……おそらくはクッキングシートの切れ端だった。破れて紛れ込んだものでないことは一目で分かった。明らかにハサミで真四角に切られていて、そしてこんな文が書き込んであった。右上がりの、癖のある文字で。

『船戸あさみ　届きますように』

船戸さんのフルネームだった。周りには、真っ黒に塗りつぶされた不格好なハートマークが何個もびっしりと書かれている。

何これ……？

買ったおにぎりから自分の名前が出てくる。何が起こっているのか、理解が追い付かなかった。

願掛けかおまじないの類なのか。あのスーパーの店員の誰か、船戸さんがよくジャンボおにぎりを買っていることを知っている誰かが、彼女が手に取ることを祈ってこんなことをした。

そして実際に、「届いて」しまった——私はどうすれば良い？

船戸さんはゾッとして、とりあえずトイレで飲み込んでしまったモノを吐き出すと、必死で歯を磨いたそうだ。何が入っているか分かったもんじゃない。

こんなもの、誰が買っても騒ぎになる。どう見ても意図的に混入しているのだから。そんなことも分からない、あるいはそれで構わないと思っているようなヤバい奴が居る店から日常的に飲食物を買っていた。そしてそいつは、自分に好意を抱いているらしい。

少なくとも、店員の中に危ないのが居るとスーパーに伝えた方が良い。

そう思って船戸さんは、閉店間際の店に取って返した。

顔見知りの店長さんが店外陳列のラックを片付けているところに、声をかけた。

「すみませんあの、買ったおにぎりに変なものが入ってて……」

持参した、ラップでくるみ直したおにぎりが入った袋を差し出す。

ええっ、と店長さんは大仰なくらい顔をしかめ、頭を下げてきた。

「それは大変、申し訳ありませんでした」

父親ほども年の離れた男性に泣きそうな顔で詫びられると、さすがに気まずかった。店

長さんも、店頭で立たせたままでは悪いと思ったのか、

「あの、返金の手続きをさせていただきますので、バックヤードに来ていただけますか？」

こちらとしても、人目につかないところで話したい内容だ。分かりました、と言って船戸さんは店長さんに続いて店の中を進み――

ふと、厭な予感がよぎった。

考えすぎかもしれないけれど。

店長さん、実物を見せろとも言わなかったし、何が入っていたのかも聞かなかったな。

急に怖くなった船戸さんは「やっぱり大丈夫です！」と言い捨てて逃げ帰ったという。

その翌日、帰宅すると部屋の玄関のドアノブに、中身がいっぱいに詰まったレジ袋が引っかけられていた。中身は十数個の剥き出しのおにぎりで、袋には「おわびです」と書いた紙が貼られていた。あの紙片のそれとよく似た、右上がりの文字。

もちろん、そのままアパートのゴミ集積ボックスに叩き込んだ。

「幸い、就職で地元に戻るので一週間後には家を引き払うことが決まってたので。だから事を荒立てるより静かに消えよう……と思って、保健所とか警察には言わず、引っ越しの日まで友達の家を転々としてしのぎました」

それから十年近く経つ今でも、船戸さんは人が握ったおにぎりを食べることができない。

その店のパスタ

ライターの横溝さんから聞いた話。

彼女の大学時代の友人に小栗さんという人がいて、都下のある大きな街で自分のパスタ専門店をオープンさせたそうだ。

元は彼の伯父にあたる人が店主として腕を振るっていたイタリアンで、小栗さんは五年ほど修行として働いていたという。伯父さんが末期の血液がんと診断されて療養のため店を離れることになり、地位承継という形で引き継いだらしい。結局、伯父さんは入院して一か月も経たずに亡くなってしまったそうだ。

繁華街の裏通りにある、古い二階屋の一階。カウンター席が十席だけのこぢんまりした店で、当面は小栗さんひとりで回すつもりだったので、メニューをパスタのみに絞ったのだという。

自家製のスモークサーモンを使ったクリームスパゲティが絶品で、旧友のよしみでなくお店のファンとして、横溝さんは毎週のように通っていたそうだ。

そこそこ繁盛しているその店には珍しく、ある晩、客が横溝さんしか居ないタイミングがあった。他愛ない雑談がひとくさり続いた後で、ふと小栗さんが訊ねてきた。

「なあ、『インテラート』ってパスタ知ってる?」

聞いたことのない名前だった。そう答えると、

「そっか。いや俺も色々調べたんだけど分かんなくてさ。横溝なら、そういうの詳しいだろうからもしかして、と思ったんだけど」

横溝さんは苦笑した。最近はグルメ関係の仕事を手掛けることが多いとはいえ、本職の小栗さん以上の知識があるはずもない。

「その、インテラートってのがどうしたの?」

「店を継ぐときに伯父さんに言われたんだよ。作り方は教えない、だからメニューに載せる必要もない、ただこの店にはインテラートというパスタがあるってことを覚えといてくれって」

横溝さんは困惑する。レシピは教えないが、それが存在することは知っている必要があるメニュー。なんなんだそれは。

「それから、伯父さんこう言ったんだ。もし、インテラートを注文する客がいたら……あーいや、やめとこう」

変な話を変なタイミングで打ち切られ、目の前にサービスで大盛にされたパスタの皿が置かれる。もちろん気にはなったが、喋ったことを後悔したような小栗さんの苦い顔を見て、何も言えなくなったそうだ。

「答え合わせ」は半年ほど過ぎた雨の晩、唐突に訪れた。

その夜も、店には横溝さんと小栗さんのふたりきりだった。フライパンを振るう小栗さんと、翌月に開かれる共通の友人の結婚式の話で盛り上がっていた。

からん、とドアベルが鳴った。

振り返ると、すらりと背の高い女性が立っていた。長袖の黒いワンピースを着て、キャペリンと言うのだったが、昔の映画女優のようなつばの広い帽子をかぶっている。

女の佇まいに、何か違和感を覚えた。時代錯誤な装いにではなく。何か――

帽子に隠れて、横溝さんの席からは女の顔は見えなかった。女はゆったりとした仕草で、カウンターの一番端の席に腰を下ろす。慣れた様子だったので、常連なのかもしれないと思った。

女は小栗さんに、良く通る声を投げかけた。

「ねえ、インテラートをつくっていただける?」

インテラートだ！　横溝さんは友人を盗み見た。

小栗さんの顔は蒼白だった。

強張った笑みを浮かべ、小栗さんは言った。

「申し訳ございません。当店はもう閉店の時間でして」

声が震えていた。どういうことだ。横溝さんには意味が分からなかった。時刻は午後七時を回ったところ、十時の閉店はまだ先だ。

「あら、そうなの」

女は疑問に思った様子もなく、またゆるりと立ち上がって店を出て行った。

「……悪い横溝、帰ってもらっていいか」

小栗さんに言われ、いよいよ当惑した。

「説明してよ」

「伯父さんが言ったんだよ。もしインテラートを注文する客がいたら、追い返してその日はすぐに店を閉めろって」

小栗さんの顔色は真っ白なままだ。唇が微かに震えている。

「アイツのことだったんだ。横溝からは見えなかったか？　アイツ、変だったんだよ」

その言葉で、横溝さんはハッとした。

「濡れてなかった」

女を一目見たときに覚えた違和感。

「あの人、傘持ってなかったのに全然、雨に濡れてなかった」

「そんなことじゃない！」

小栗さんは怒鳴った。

「アイツ……目の中がぜんぶ真っ赤だったんだ」

震えている小栗さんが気の毒で、その日は彼の部屋に泊まって二人で飲み明かしたそうだ。

後日、「インテラート」について改めて調べてみた。イタリア語に堪能な知人に訊ねると、パスタソースの名前では知らないが、これじゃないかという綴りを教えてくれた。

Interrato――地下。穴ぐら。埋葬。

馬頭そば

動物などの名を冠した「○○そば」は、きつねとたぬき以外にも地方独自のものがさまざま存在するようだ。

例えば、東京には「むじなそば」というのがあり、油揚げと揚げ玉が載っている。葛飾にあった蕎麦屋が発祥で、きつねとたぬきがひとつの丼に揃って「同じ穴のむじな」という意味らしい。

和歌山には「いたちそば」がある。中華麺をうどん出汁に入れて油揚げを載せたもので、近畿では天かすの蕎麦でなく、油揚げを載せた蕎麦を「きつね（うどん）」との対比で「たぬき」と呼ぶことから「うどんならきつね、蕎麦ならたぬき、それならラーメンはいたちだ」となったそうだ。中華麺を使うからか、同じものを「パンダ」と呼ぶ人もいるという。

動物以外なら、かまぼこや椎茸といった具材でお多福の顔をつくる「おかめそば」は全国区だろう。他にも、千葉の佐倉には冷たい蕎麦に般若湯つまり日本酒をかけていただく「般若そば」を出す店がある。

そうしたご当地メニューなのだろうと、泡坂さんは思ったそうだ。

地方自治体が主要顧客のコンサルファームにいた泡坂さんは、月の半分以上を出張で飛び回っていたという。元々、旅行好きな人だったので金曜に出張仕事がある際は、自費でホテルを取って週末は近隣の観光地を回るのが楽しみだったそうだ。

その日、泡坂さんが立ち寄ったのは北関東の、ある大きな寺院の門前町だった。古い街並みの面影が色濃く残る大通りを散策していて、ふと一軒の蕎麦屋が目に留まった。土壁に黒瓦のいかにも老舗という佇まいが気に入り、ここで昼食を摂ることにした。

四人掛けのテーブルと小上がりの席がそれぞれ二つ並んでいるだけの手狭な店だったが、幸い、まだ早い時間だったこともありテーブル席の片方が空いていた。先客は老夫婦と五歳くらいの男の子を連れた家族、つなぎの作業服を着た一人客の中年男性。いずれも地元の人らしく見え、地域密着の愛されている店なのだろうと味への期待が高まった。

お品書きを開くと、きつね・たぬき・月見・天ぷらとありふれたメニューに並んでひとつ、聞き馴染みのないものがあった。

馬頭。

読み方も分からないし、スマホで検索してみても引っかからない。気になって店員さんに声をかけた。来てくれたのは、明るい茶色に染めた髪をバンダナでまとめた愛想の良いお姉さんだった。ものもらいでもできているのか、右目に眼帯をしていた。

お品書きを指さす。

「すいません、これって」

「はい、メズですか？」

そうか、牛頭馬頭《ごずめず》の馬頭か。さりとてイメージは湧かない。

「馬頭そばっていうのはどういう……？」

訊ねると、お姉さんは少し困った様子で、

「どういうっていうか、まぁ普通の、馬頭そばですけど」

その「普通の馬頭そば」が分からないのだが。質問を重ねる。

「馬肉が上に載ってるとか？」

それを聞いてお姉さんは吹き出した。

「そんなわけないじゃないですか！」

反応を見るに、どうやら自分は「『きつねそば』にはきつねの肉が入ってるんですか？」的な質問をしたらしいなと泡坂さんは理解した。おそらく、この地域ではごくありふれたメニューなのだろう。確かにお品書きでも、取り立てて強調もされず定番の並びにまぎれるように書かれていた。

「今、皆さん召し上がってるのが馬頭そばですよ」

お姉さんの言葉に、客たちが顔を上げて一斉にこちらを見た。おじいさんおばあさんも、若い夫婦も子供も、作業服のおじさんも。みんな無言で、ニコニコ笑っている。

全員が注文するほどの人気メニューならぜひ食べてみたいと、泡坂さんは「馬頭そば」を注文した。

「馬頭そば」は五分ほどで出てきた。

温かい蕎麦の上に、竹輪とくたくたに煮込まれたがんもどきが載っていた。竹輪が五円玉のような薄い輪切りにしてあるのが「変わった切り方だな」と気にかかったくらいで、取り立てて珍しくもない「田舎の蕎麦」といった感じだ。

こんなものかと思ってスマートフォンで写真に収め、食べ始めようと箸を取った時だった。

「ごめんなさーい、×××かけるの忘れちゃってました」

奥から、そう言ってお姉さんが小鉢と菜箸を手に出てくる。

その瞬間、店中が哄笑に包まれた。

肩を震わせてヒステリックな笑い声を上げながら、客たちが口々に言う。「駄目だよ、×××を忘れちゃ」「×××がなきゃ馬頭そばじゃないじゃんねえ」

小鉢の中身は鮮やかな蛍光グリーンをした、とろろのようなドロッとしたものだった。

どんぶりの中にぶちまけられ、汁がどぶのような色に混濁する。

だがその汚らしくにごった蕎麦が、一口啜るとびっくりするほど美味しかった。

何の出汁なのか、味わったことのない濃厚なコクをスープに感じる。がんもに竹輪と淡白な具材ばかりなのに、舌にガツンと来る牛や豚の脂のような強烈な旨みに驚いた。

人気メニューなのも頷ける。汗だくになりながら夢中で平らげ、汁まで飲み干して丼を置いてふと顔を上げると——周りの客たちがまた、ニコニコしながらこっちを見ていた。

がっついていたのがなんだか気恥ずかしくなって、泡坂さんはそそくさと会計を済ませ、逃げるように店を出たという。


その夜、当時やっていたブログに書こうと思ってスマホのフォルダを見返し、撮ったはずの写真がただ真っ黒一色になっているのに気づいた。データが壊れてしまっているらしい。

まあ、考えてみれば×××を載せてもらう前に撮った写真だから完成形の「馬頭そば」でもないし……あれ。そうだアレ、なんて名前だっけ。

そこで初めて泡坂さんは、あの緑色のとろろのようなものの名前を一切思い出せないことに気づいた。蕎麦屋での記憶を辿っても「××××」の部分だけ、音のヴォリュームを絞られているように空白なのだ。

怖くなった。

あんな色の食い物があるか？　俺はどうして、あの気味の悪いドロドロしたものをぶっかけられた蕎麦を平然と食ってたんだ？

見つけたあの店のホームページにも、馬頭そばに関する記述は何もなかった。

翌日、居ても立ってもいられず泡坂さんは会社を休んでもう一度、あの蕎麦屋に行ってみることにした。自分が食べたものを、もう一度自分の目で確かめたかった。

三時間近く電車に乗って、昨日「次に来るのはいつだろうか」なんて思って通った改札を一日ぶりに抜ける。蕎麦屋はちょうど、昨日のお姉さんが店先に暖簾を出したところだった。

振り返ったお姉さんに声をかけ、店に通してもらう。今日は眼帯をしていなかった。

先客はいない。昨日と同じテーブル席に腰掛ける。

お品書きをめくって、愕然とした。

「馬頭そば」がなくなっているのだ。マジックやテープの類で修正された様子もなく、最初からなかったようにメニューの並びから消えている。

お姉さんを呼び止める。

「すいません、馬頭そばは？」

お姉さんはきょとんとした顔をする。

「めずそば、ってなんですか？」

いや待ってくださいよ。泡坂さんはすがるように言う。

「なにって昨日食べに来たじゃないですか」

いよいよお姉さんは当惑した様子だった。お品書きの最後のページを開いて、営業時間の記載を指さす。

「昨日はウチ、お休みでしたけど」

そんな。

狼狽した泡坂さんは、しかし、思い出した。

昨日受け取ったレシートがあるはずだった。財布の中を探し、それらしい紙片を取り出す。

くしゃくしゃになった紙を開いて、泡坂さんは息を呑んだ。

レシートではなかった。

古い本から千切ったような、黄色く変色した歪な形の紙きれ。何も書かれておらず、代わりみたいに大きな黒い、潰れた指紋らしきものが押してあったそうだ。

米湧き仏

鮎川さんの中学の同級生に「父が寺の住職になるために引っ越してきた」という、原くんという男の子がいた。

原くんのお父さんは、隣市で大きな寺を経営している家の次男でそこの役員に就いていたのだが、同じ宗派に属するこの町の寺が、独り身だった住職さんが亡くなって後継者が絶えてしまったために当面の管理者として送り込まれたのだという。

系列会社の社長として出向になるみたいな話なんですかね？　――よその家の話で、鮎川さんもそのあたりの詳しい事情は知らないそうだ。

少子高齢化の昨今、寺院の後継者不足と、ひとつの寺家が近隣の複数の寺院を管理する「兼務寺」の増加は確かに聞き及ぶところだが、通いでなく住み込みでとなったのは、仏堂におさめられた「秘仏」のためらしい。

年に一度、正月三が日だけ公開されるというその仏像は、座して右手を手前に突き出し、左手は掌を上にして膝に乗せていたというから薬師如来像だったのだろう。なんでも、無銘で伝来も不詳ながら、制作時期は一説に平安まで遡れるような代物だったそうで、県の文化財に指定されていたという。

そのご本尊の手に、「米が湧く」という言い伝えがあった。一月一日、厨子の扉を開けると、像の左手にこんもりと米が載っているというのである。地元では、米が湧いた年は豊作になると信じられ、親しまれていたらしい。

そうした貴重で、かつ地域住民の信仰を集めている仏像があるために、常駐の住職が求められたようだ。

鮎川さんも家族で初詣に行った際に、像の掌に玄米が山盛りになっているのを何度も見たことがあったという。実際、このところ毎年米は湧いていた。

「あの米ってさ」

冬期講習終わりの教室でだべっていて、ふと原くんが言いだした。

「俺はてっきり、住職が一般公開の前に載っけてると思ってたんだよ。だからまあ、親父がさ」

もちろん鮎川さんもそう思っていたのだが。

「でも親父に聞いたらさ、『いや俺じゃないんだよ』って言うのよ。本当に、親父が正月の朝に仏様が入ってる棚？　アレを開けたら左手に米が載ってるんだって言うわけ」

「どういうこと？」

鮎川さんが訊き返すと原くんは、

「親父は毎晩、寺をぐるっと見回りしてから寝るんだけど、今年も、大晦日の夜に見た時には何もなかったのに、正月の朝に開けると米が湧いてるんだって。親父は、ご近所の檀家さんの誰かが毎年やってくれてるんじゃないか、って言うんだけどさ。だとしたらちょっと気持ち悪いだろ」

確かに不気味だし、些か不用心だ。古い寺とはいえ、夜中に他人が仏堂まで侵入できているとしたら。

「親父はそのへん鈍感だから、みんなで信仰を守るサンタさんみたいなもんだからそっとしておきたい、なんて言うんだけど……」

誰がやっているのかも分からないのはどうにもスッキリしない。せめて「犯人」が知りたいと原くんは勢い込んだ。

「だから俺、大晦日の夜に一晩、仏堂を見張ってようと思うんだ」

大晦日は二日後だ。原くんは鮎川さんに手を合わせた。

「頼む、付き合ってくれないか。ひとりだとやっぱちょっと怖いからさ」

原くんは柔道少年団に所属し、中二で身長一八〇センチを超えている大男だ。それが大真面目に「怖い」とは。一方の鮎川さんは小柄で痩せっぽち、文芸部の典型的な文化系。頼みになるとも思えないが。

ただ、大晦日に肝試しめいたことをするのも、友達と夜更かしして過ごすのも楽しそうだと思い、鮎川さんは快諾した。

家族には「原くんちに泊まってそのままお寺に初詣に行く約束だから」と、嘘とも言い切れない説明をして夜の十一時過ぎに仏堂の裏で集合した。本堂や庫裏からは独立した、大きさとしては六畳分もないだろう小さな建物だ。

山門には扉がなく、閉門時間を過ぎてもひょいと乗り越えられるような高さの柵で閉じられるだけ。これでは忍び込み放題だろうと鮎川さんは思ったそうだ。

原くんは、友人を呼んだことで準備の途中からキャンプか何かと勘違いしてしまったらしく、スナック菓子にコーラ、手作りのサンドイッチまで用意して待っていた。

「あとこれ！　徹夜だからコーヒーも淹れてきちゃった」

サーモスの水筒を嬉しそうに掲げる原くんに呆れながら、しかしなんだか鮎川さんもわくわくしてきてしまったという。

遠く響く除夜の鐘を聞きながら「そっか、お前んとこは鐘ないんだな」「あれ、本当は特定の宗派だけのもんだったんだよ」なんて会話から始まり、級友たちの噂やその頃に揃ってハマっていたゲームの話、進路へのちょっとした悩み相談なんかもしているうちに、気づけば時刻は三時を回っていた。

物音がした。

気づかずに最近見て泣いたアニメの話をしている原くんを小突いて制止し、息を潜める。

からん、からん、からららら。何か小さくて硬いものがぶつかり合うような軽い音が、断続的に聞こえる。外じゃない。

「これ、仏堂の中じゃないか？」

鮎川さんが言うと、原くんは怪訝な顔をした。

「でも足音とか聞こえなかったぞ」

それに、仏堂は後戸のない造りで出入口は正面の格子戸だけ、開けようとするとかなり大きな軋む音がすることをふたりは確認していた。

それも聞こえなかった。だが、壁に耳を当てると確かに物音は中から響いている。

「……ネズミ、とかじゃない？」

何か怖い想像をしたらしい原くんが、そう言って無理に笑った。鮎川さんが「一応、中を見てみよう」と促すと露骨に嫌な顔をする。

表に回って格子戸を開ける。原くんが持ち込んだ懐中電灯で中を照らすと、仏像が安置されている厨子の扉が少し開いていた。また、音がする。

かららん。からん。扉の隙間から、何かが零れ落ちた。

床に灯りを向ける。黒い小さな小石のようなものが何粒も落ちていた。

この音だ。

顔をひきつらせた原くんを振り返り、頷き合って鮎川さんは厨子を開いた。

じゃらららららら。

先ほどと同じ黒い砂利粒が、溢れるように足元に転がる。

座像の膝の上にも散らばっている。天に向けた左手の上に、盛られて山になっている。禍々しいほど真っ黒な。……左手から湧いて、溢れた？

「なんだよこれ」

原くんの声は震えていた。

「何やってんだ、お前ら」

背後から声をかけられ、飛び上がりそうになる。振り返ると、心配そうな顔をした原くんのお父さんが立っていた。

「なんかガタガタ聞こえると思って来てみたら――」

お父さんは仏堂の中を覗き込むと、なんとも言えない困ったような表情で呟いた。「こりゃ、今年は御開帳は中止だな」

あとから聞いた話では、お父さんはその頃、本山の人の紹介で「経営に関わりたい」というコンサルタントと会っていて、顧問として入ってもらおうというところまで進んでいたらしい。あの黒い砂利の件があったから……という訳ではないらしいが、結局、のちにその話はお流れになったそうだ。

翌年の正月は、初詣の客への御開帳は無事に執り行われた。自身の受験合格祈願も兼ねて寺を訪れると、境内で甘酒を配っていた原くんから「今年はちゃんと米だったよ」と耳打ちされたという。

十数年も前の話で、寺は何年か後に不審火で燃えてしまい、仏像も喪われたそうなのだが。最後に鮎川さんは付け加えた。

「霊験って言うんですかね。大したもんだと思ったのは、何年か前にどこかの寺が詐欺師に乗っ取られそうになったってニュースがあったでしょ？　原が言ってたんですけどね、あれに関わって捕まったうちの一人がそのコンサルだったんですって」

誰がために米を断つ

――お口直し①

パンの章では「主食」にまつわる怪談を紹介しました。米や麦などのいわゆる「五穀」は、私たちの食生活の根幹として欠かさざるものであるとともに、時に宗教的には避けるべきものとされてきました。

「五穀断ち」「十穀断ち」という仏教の修行を聞いたことがある人は多いと思います。米を始めとする作物を口にせず、木の実や草根を食する穀断ちの修行は、日本では中世後期に広がったそうでルーツは中国にあるようです。

さらに言えば、古代中国では元々、穀断ち行は神仙思想に基づく山林修行が盛んだった道教でおこなわれていたものだったそうで、道教との習合と対立を繰り返してきた中国仏教の歴史の中で取り込まれた修行方法であったようです。

本来は、単に人里離れた山間で長期間にわたって修行を続ける上での要請から「その場で手に入る野草などで食いつなぐ」ことが必須だったというだけでしたが、時代が下るにつれて「断穀」、作物を摂らないこと自体に意味付けがなされるようになりました。

道教では陰陽説を持ち込んで「陰の気を帯びた穀類を断って体内を浄化する」と説明づけられ、仏教においては人が栽培した作物を摂らないことが俗世から離れることの象徴と扱われたり、滅罪や精神浄化のための苦行のひとつと位置付けられていたようです。

日本には奈良時代に、修行としての穀断ちが渡来僧によって伝えられたそうで、初期の代表的な断穀行者には例えば役小角《えんのおづの》がいます。

「穀類を断って野草の類しか食べない」という分かりやすいストイックさの発露に対して、元は仏教由来の行ではないこともあって、単なるパフォーマンスにすぎないと批判する声は往時の中国仏教界でも少なくなく、日本でも最澄などは穀断ちを「極端な苦行を達成することで他者の尊敬を得ようとする邪戒」であるとみなしていたようです。

中世においては、寺院の建立や修繕などのための寄付を募る勧進聖に断穀行者が多くいたと言います。厳しい修行を積んだ僧侶なのだという信頼感と、その功徳にあやかれるという期待を民衆に持たせ、清廉・無欲のイメージを纏うことが、お金やお米をもらい受け預かる立場に求められたためでしょう。

古来の仏教において、穀断ちが俗世の穢れから離れることの象徴として受け入れられたのには、あるいは五穀の神話的イメージもかかわっているのではないかと想像します。

日本における食物起源神話で有名なのは、『古事記』に登場するオオゲツヒメと『日本書紀』のウケモチのエピソードでしょう。両者のストーリーはほぼ共通しており、食物の恵みを司る女神が、やって来た男神を饗応するために自身の口や尻から食物を取り出して差し出すと、男神は「汚らわしい」と言って女神を殺してしまう。すると、女神の死体の目や鼻、陰部といった各部位から米が、稗が、あるいは麦が生じた。これが五穀の起源である――というお話です。

「殺された神の死体から食物が生じる」神話は全世界に存在し、ドイツの民俗学者イェンゼンによってその典型例とされたインドネシアの神話の女神の名から「ハイヌウェレ型神話」と呼ばれています。

ハイヌウェレの物語は以下のようなものです。

大便からサンゴや銅といった宝物を生み出せる少女ハイヌウェレが、村人に気味悪がられて殺された。のちに死体を見つけた彼女の父親がそれをバラバラに切り刻んで埋めると、そこから芋類が生じたという。

「切って埋めた死体から芋が生えてくる」とは、種芋を切って植える栽培方法を、「大便から宝物が生じる」のは、排泄物を利用した肥料をそれぞれ象徴していると言われます。ゆえにこの話型は芋類を主食とする文化圏で生まれたとされ、日本には（同じく米や麦を主食とする）中国を通じて五穀起源譚として伝来したと言われています。

また、『蛤女房』や『鶴の恩返し』のような「見るなのタブー」型の異類婚姻譚は、こうした食物神話の残響であり、「女性の隠された、汚い部分を見て〈幻滅〉する」という心の動きは子どもの母親離れの比喩なのだとも解説されます。

ともかく、日本の神話において五穀は女性によって、さらに言えば女性の死によってもたらされたものだとイメージされるのです。

だからこそそれを隔てることが、罪と穢れから身を離すことになるという思想につながったのではないでしょうか。「女性の死」を眼差して俗世への執着を不浄で無常なものであると知ろうという九相図の発想にも近しく思え、日本や中国の古来の仏教思想と親和性の高いものだったように思えます。

【参考文献】
『性食考』赤坂憲雄／岩波書店
『見るなの禁止　日本語臨床の深層』北山修／岩崎学術出版社
『世界神話事典』大林太良・伊藤清司・吉田敦彦・松村一男　編／角川学芸出版
「日本古代における穀断ち行の受容と変容」太田直之／『國學院雑誌（122）』所収

ポタージュ

スープにまつわる奇譚

おばさまのシチュー

今村さんが帰宅すると、インターホンの親機の「おしらせ」のランプが点灯していた。留守中の、来訪者の画像記録が残っていることを示す表示だ。普段なら、どうせ光回線か何かの勧誘が来ただけだろうと放っておくのだが、その日はなんとなく、記録を再生してみた。

今村さんはぎょっとした。

ドアホンの前に佇む小柄な男の姿が映っていた。喪服のような黒いスーツに黒のネクタイ姿。

そして、頭に紙袋をかぶっていた。

雑貨屋でもらえるような茶色いクラフト紙の手提げ袋で、男はすっぽり頭部を覆っていたのである。タイムスタンプを見ると、帰宅する二十分ほど前だ。

気持ち悪い。なんだよこれ。

出くわさなくて良かったと思いながら、今村さんは画像を消去した。

……まぁ、このマンションの同じ階の住人の友達か何かが、びっくりさせようと変な仮装をして来訪してドアホンを押し間違えたんだろう。あとからそんな風に理屈をつけて自分を納得させたという。

そんなことがあったのもすっかり忘れた、ひと月ほど経った土曜の昼下がり。ベッドでぐずぐずしていた今村さんはインターホンの音で起こされた。

親機の液晶画面を見て、今村さんは「うわ」と思った。

あの、紙袋をかぶった男が立っていた。

驚いたが、また訪ねる部屋を勘違いしているのか……と思って通話ボタンを押した。

「お部屋が違うんじゃないですか？　ここは四〇五号室ですが」

『今村さま、ですよね？』

確かに名指しされた。インターホン越しの上、紙袋越しなのにそれでも妙によく通る、明るい声だった。

部屋間違いだと決めてかかっていた今村さんは、面食らって思わず「あ、はい」と返事してしまった。

紙袋男は嬉しそうに言う。

『いらっしゃって良かった。せっかくのおばさまのご招待が間に合わなくなるところでした』

「招待ってあの、宗教の勧誘とかだったら――」

困惑する今村さんの言葉を遮って男は、

『招待状は郵便受けに入れておきました。明日は、ぜひいらしてくださいね』

それだけ言ってぺこりと頭を下げて行ってしまった。

ドアポストを見に行くと、力任せに突っ込まれたようなくしゃくしゃの紙が挟まっていた。子供みたいな手書きの字で「しょう待じょう　スチウを用意してお待ちしています11月×日　昼」と翌日曜日の日付があり、落書きじみた地図が描き添えられている。

気味悪いが、そのまま棄ててしまうには少しだけ、好奇心が先立った。

パソコンを立ち上げて地図サイトを開く。

絵とともに書き込まれた「あなたの家」と「けい察しょ」や「電波とう」などの位置関係を見てみるに地図は正確なようだった。ぐるぐると二重丸で強調されている「おばさま」の場所を照らし合わせてストリートビューを開くと、河川敷沿いに広がる水田地帯の一角、あちこちサビの回ったトタン小屋がぽつんと建っていた。物置にでも使われているものだろうが……少なくとも、人を招くような場所でないことは分かった。

「スチウ」とは「シチュー」の旧い書き方、まだ stew の日本語表記が固まってない時代に見られたものらしい。

不気味ではあったが、一方で心のどこかでは「行けば何か面白いことがあるのでは」とも思っていた。

　というのも今村さん、寺山修司か誰かの実現しなかった公演のアイディアで、昔、こんな話を読んだことがあったそうだ。

　ある町の五十人ほどの人にランダムに、役所の遺失物係と偽ってこんなハガキを出す。「落し物が届いています。引き渡し会がありますので×月×日、どこそこの公園に来てください」それで当日、その公園には主催者が椅子を置いて座っていて、ハガキを持ってやって来た人がいたら「落し物は何だと思いましたか？」と訊ねる。わざわざ受け取りに来るほどには大切な「落し物」に関する、その人ごとのエピソードが聞けるだろう——はた迷惑だが、面白い発想だと思ってずっと覚えていたという。

　今風に言えば、代替現実ゲームというやつだろうか。これもそういう、何か風変わりなイタズラだったら良いなと思った。

　その晩、呼ばれていた飲み会が後押しになった。「家に変な奴が来てさ」と紙袋男の話をしたところ、悪い友人たちから、

「面白そうじゃん。行ってこいよ」

「動画回して報告よろ」

　と、焚きつけられた。酔いもあって、よし分かった、「おばさま」の正体を暴いて来て「スチウ」もご馳走になって来てやると見得を切ったという。

翌日、宿酔で痛む頭で少しだけ自身の好奇心と放言を後悔しながらも、今村さんは有言実行で出かけることにした。

自転車をこいで十五分ほどの場所。収穫が終わって残された稲藁が枯れた、白茶けた地面が延々と続く中に、ストリートビューで見た通りの小屋があった。青くペンキで塗られたトタン壁は、半分以上サビに覆われて変色している。

人けはなかった。そりゃそうかと思いながらも、拍子抜けしてしまう。

まぁ、小屋の前で困った顔をして自撮りして、昨晩の仲間たちのＬＩＮＥグループに「おばさまはドタキャンのようです」とかなんとかコメントをつけて投稿すればひと笑いにはなるだろう。

そう思って自転車を停めた時だった。

ガタンッ

小屋の中から物音がした。

誰かいる？

覗いてみよう。もし、中にいるのがヤバい奴だったらすぐに逃げ出せるように、自転車の鍵はかけずに今村さんは小屋に近づいた。

引き戸に手をかけると、錠の類はかかっていなかった。

旨そうな匂いが漂っていた。ワインで煮られた肉の濃厚な脂の香り。焦げの苦みとコクを想起させるデミグラスソースの香り。

ビーフシチューの匂いだ。じゃあ本当に……。

対面に大きな窓が切られた、三畳ほどの空間。

その真ん中に、真新しい大きな寸胴鍋が置かれている。その横には、こちらは古いアンティークのような独り掛けのソファ。革があちこちひび割れていて、破れて中綿が飛び出しているところもあった。

そして左手の壁一面には、写真が何十枚も虫ピンで貼り付けてあった。

すべて、座っている人を正面から撮ったものだった。褪せた古い写真も、新しそうなものもあった。高校生くらいの若い人からお年寄りまで、老若男女の写真があった。みんな満面の笑みで写真に納まっていて、そしてすべてこの小屋で、背後のソファに座って撮ったものだと分かった。

過去の招待客、ってことか？

さすがにその数に、異様なものを感じて立ちすくんでしまったそうだ。

「誰か居るのかい？」

外から男の声がして、今村さんは我に返った。

小屋を出ると、いわゆるドカジャンを着込んだ中年男性が怪訝そうな顔をして立っていた。この辺りの農家さんのようだった。

「駄目だよお兄さん、勝手に入ったら」

「あの……この小屋って、何なんですか？」

訊ねると、男性はいよいよ困った顔をした。

「何、ってこの辺りで共同で使ってる物置さ。中さ見たんでしょ？　お兄さん泥棒には見えねっけど、盗むもんもなかったでしょ。スコップとかクワとかしか入れてねえから」

「……は？」

後ろ手にした引き戸を、もう一度開く。中は――男性の言ったとおりだった。泥だらけの農具が壁に立てかけられているだけで、鍋も、ソファも、写真も、影も形もない。窓すらなくなっていた。

呆然とする今村さんの背中に、男性が問いかける。

「この頃、お兄さんみたいにこの小屋に入っちゃう人が時々いるんだけど、なんでなんだい？」

「他にもいたんですか？　ここに来た人」

今村さんは訊き返した。あの大量の写真が頭に浮かぶ。男性は頷いた。

「今年に入って急に、そういうことが起きるようになってさ。お兄さんで五人目よ。夏に警察に届けた時には『何かの犯罪に使われてんじゃないか』つって調べてくれると言ってたけど、それっきりでさ」

「他の人たちは、なんて言ってたんですか？」

男性はかぶりを振る。

「なんも。みんな小屋の中でボーっと座っててさ。声かけてもヘラヘラ笑ってるばっかりでこっちの話は聞きやしない。で、埒が明かないから外出て警察に電話かけてる間にみんなどっかに消えちゃうんだよ。だから話通じた人、お兄さんが初めてよ」

とりあえず男性には、「ここでお食事会を開催している、という虚偽の招待状を配って回っている誰かがいる」とだけ伝えたそうだ。

話しながらも、おそらくは警察の管轄ではないのだろうな……と思いつつ。

お迎えの間

伊吹くんの母方の実家は、北関東のある村落で代々名主を務めていた家柄なのだそうだ。お母さんの夏生さんは短大進学を機に家を出るまで、江戸時代後期に建てられた古いお屋敷で育ったという。

最後の当主になった夏生さんのお兄さんが早くに亡くなって家は断絶しており、住む人がいなくなって家屋も取り壊されてしまったそうだが、敷地内に長屋門や白壁の土蔵を有する堂々たる邸宅だったらしい。

由緒ある家系そして屋敷だけに、昔から伝わる「よその家にはない、我が家だけの仕来たり」のようなものが夏生さんの子供時代にはまだいくつも残っていた。

伊吹くん自身は母の実家に行ったことはないが、それら習わしにまつわる思い出を、幼い頃に寝物語で聞かされていたという。

この話は、伊吹くんが夏生さんから「お母さんが、自分の家が苦手になったきっかけ」だと前置きされて語られたエピソードだ。彼にとっても、母がしてくれた話で最も強烈に印象に残っているものだそうだ。

夏生さんの家には、当主が亡くなる間際になると籠もる部屋があった。

家の裏手に、奥座敷と呼ばれていた当主の居室からしか進めない短い廊下があり、その突き当たりに観音開きの板戸があって、中には急な階段が隠されている。その上に、家人は「お迎えの間」と呼ぶその空間があった。位置としては、奥座敷と隣り合った仏間の真上だ。

平屋建ての屋敷の、屋根裏の一部を襖と壁で区切って三畳ほどの小さなスペースを設えている。布団を敷いたらそれで終わりという広さの、窓もない部屋。

その部屋の存在を夏生さんが知ったのは、十歳の秋だった。

ある朝、家族で朝食を囲んでいて祖父が急に、箸を置いて言った。

「親父に上にあがれと言われた。悪いが準備してくれ」

その言葉に、両親はハッとした様子で手を止め、顔を見合わせる。

夏生さんとお兄さんには意味が分からなかった。親父……祖父の父親は夏生さんが生まれる前に亡くなっている。

祖母だけが、平静な様子で食事を続けていた。

休日だったのか、学校を休むよう言われたのかは覚えていない。夏生さんとお兄さんは母に連れられて裏山で野草を集める手伝いをしたという。

自然薯のむかごやどんぐり、母から「これを探して」と葉を見せられたいくつかの野草を摘んで、持たされたバケツを昼までかかって一杯にした。

家に帰ったら、縁側に古新聞を敷いて摘んできた草や木の実を広げ、天日に晒す。

そこで夏生さんたちは母から、祖父の言葉の意味を教えられたそうだ。

——おじいちゃんはこれから、私たちとお別れしてご先祖様のところに行く準備をしないといけないの。準備の間は、お米とかお肉みたいな普段、私たちが食べているものは体に入れちゃ駄目ってことになってるのよ。人が作ったものじゃない自然の木の実や草を食べて、人の世界を離れるために体を慣らしていくの。分かる？

子供の夏生さんにも、「ご先祖様のところに行く」というのが死を意味することは理解できたから、ひどくショックを受けたそうだ。夏生さんはおじいちゃん子だった。大泣きして祖父の元に行き、「どこにも行っちゃだめ」と必死で止めたという。

祖父は夏生さんが疲れて泣き止むまで、抱き留めて優しく頭を撫でてくれた。

「おじいちゃんも夏生といつまでも一緒にいたいけど、お迎えは誰にでも来るものだからね。それに迎えられた後はずっと、空の上から夏生のことを見守っていられるんだよ」

その日のうちに「お迎えの間」は掃き清められ、おまると祖父の布団が運ばれた。

夕方に二階に上がった祖父は、それから死ぬまで階下に降りることも、家族に姿を見せることもなく真っ暗な三畳間の中で「お迎え」を待つようになる。

日に一度、夜になったら夏生さんが食事を持っていく。みんなで採って干したどんぐりとむかごを茹でて潰して団子にして、野草を煮立てた汁に落としたスープが、祖父の唯一の食べ物だった。

どんな味がするのだろうと、運ぶ途中にこっそり舐めてみたことがあった。ほのかにアクの苦みを感じるだけで、ただとろみのついたお湯だった。塩すら使われていないのだ。

階段を上がって襖の前にスープの膳を置く時と、寝る前に食べ終わって外に出された膳の片付けとおまるの始末に上がる時の二回だけ、夏生さんは大好きな祖父とお喋りすることができた。

しかしだんだん、祖父は言葉少なになっていき、二週間ほどもすると返ってくるのは寝言のような、不明瞭な声だけになった。「お迎え」が近いのだろうと幼心にも理解できて、布団の中で泣いたという。


そんなある晩だった。

家族で食事をしていると、どたたたっともつれて転がるような足音がした。

上から階段を下りてくる音だ。

襖が勢い良く開いた。驚いてみんながそちらに向くと。

祖父が立っていた。

灰色の髭が不格好に伸びて垢じみた顔の肉は削げ、骸骨のように見えたそうだ。

落ちくぼんで隈の張った眼窩の奥で両の瞳を見開いて、歯を剥き出しにしている。

祖父は、壮絶としか言いようのない笑みをやつれた顔いっぱいに浮かべていた。

その姿に、誰も何も言えなかったという。

祖父は一言だけ、震える声でこう言った。

「ゆるされなかった」

へへへっ、と引き攣った笑い声を上げ、祖父はふらふらと縁側から庭に出て行ってしまった。

後を追おうと立ち上がりかけた父を、祖母が制した。

「しくじったんだ。勝手にさせてやんなさい」

何が起こったのか、夏生さんには分からなかった。

重苦しい沈黙の中、祖母だけがあの朝と同じように、静かに淡々と食事を続けていた。

祖父は翌日の昼過ぎになって、裏山の沢で顔を潰して死んでいるのが発見された。

報せに来た駐在さんによれば崖から落下したようで、足を滑らせたような跡は見つからず、おそらくは「落ちた」のではなく「身を投げた」のだろうと説明されたそうだ。

祖父は長く議員を務めた地元の分限者であったのに、通夜も葬儀も行われなかった。祖父の最期が、集落全体でタブー視されている気配を感じたという。

祖父の死から半年ほどのち、後を追うように祖母も亡くなった。

その通夜の晩にふと、一緒に寝ずの番をしていたお兄さんが呟くように言ったそうだ。

「ばあちゃん、じいちゃんのこと嫌いだったのかな」

夏生さんは首を傾げた。確かに仲睦まじかったという印象はなかったが。

お兄さんは続ける。

「俺、見ちゃったんだよ。ばあちゃんがさ、じいちゃんがあの部屋に籠ってから食ってた草のスープみたいなやつに、米を一掴み、パッと入れるのをさ。一度だけじゃない。何回もあった」

兄の言いたいことが理解できて、おぞけが立った。

母が言っていた。「お迎えの間」に入ってから死ぬまでの間、お米は食べてはいけないはずだ。

じゃあ、祖母は。

「じいちゃん、『ゆるされなかった』って言ってたろ。あれってさ――」

隣の部屋から母に呼ばれ、お兄さんの話はそれきりになった。

当主を継いだ夏生さんのお父さんもお兄さんも、病院で長く患った末に亡くなった。結局、彼女が知る限り、屋敷が取り壊されるまでの間に「お迎えの間」が使われたことは、とうとうなかったとのことだ。

ポワソン

魚にまつわる奇譚

双頭の贄

石持さんには、かつて季節ごとにお世話になっている釣り船屋さんがあったという。

たまたま見た朝の旅行番組で「釣った魚を併設の食堂で捌いて調理してくれる船宿」というのが紹介されていたのに感化され、舟釣りをやってみたくなった。番組で取り上げられていたのは金沢八景の方の店だったが、検索すると家から車で四十分ほどの港町にも、同様のサービスがある釣り船屋を見つけることができた。

格安のパック料金で、竿やリールなどの道具一式から長靴にレインコートまで込々で貸してくれるのが素人にはありがたく、オーナーである船長さんも穏やかで気さくなおじいちゃんで、喋っていると死んだ田舎の祖父を思い出して癒されたそうだ。

何より、ほとんど釣れなくても下船後に店の二階の座敷に通されると、厨房担当の奥様が「ダンナが前に獲って冷凍してたやつだけど」「前のお客さんが釣れすぎて置いてった分があるから」などと言って、釣果の数倍の料理を——刺身になめろう、唐揚げに天ぷらと山盛りに出してくれる気風の良さが感動的だった。いつも、お腹をパンパンにして帰っていたという。

三年ほども通って、すっかり顔馴染みになった初夏の日のことだったそうだ。

いつもの、朝七時に出て十一時過ぎには港に戻る半日船。その日は平日で、定員十二人という船には石持さんと船長のほか、何度か一緒になったことのある黒田さんという中年のご夫婦連れが乗っているだけだった。

他愛もない雑談に興じつつ、四十分ほどでポイントに着く。狙いは旬のアジだ。

みんな順調に三十センチを超える大物を釣り上げ、わくわくするような時間を過ごしたという。

そんな中、石持さんの竿に明らかにアジではない、重いアタリがあった。

竿がギュッとしなる。かなりデカい。経験が浅くても分かる。力強い手応えに、釣ったことはなかったがチヌ（クロダイ）を想像したという。

声を掛け合って、船長さんが網を出してくれる。水面に銀鱗を光らせてその姿が浮かび上がる。

平たく、円く見えた。そのシルエットに最初は「マンボウか？」と思ったそうだ。

石持さんは言葉を失った。なんだこれ。

甲板に引き上げられたのは、七十センチほどはあろうかという大きな――異形の魚だった。

顔はウマヅラハギに似ていた。唇のように突き出た口に、尖った小さな歯が覗く。びっくりしたような真ん丸な目。小さな胸鰭と背鰭。

そして本来、尾鰭がある方にも、同じびっくりしたような顔がついていた。

それは左右対称のレモンに似た紡錘形をした、双頭の魚だったのだ。

「ああー、釣っちゃったね」

船長さんが気の毒そうに言った。黒田さんのご主人も眉をひそめる。

「そしたら今日は終わりか」

見ると、魚の異様な姿に驚いているのは自分だけのようだった。

船長さんも、黒田さん夫婦も浮かべている表情は驚愕でも嫌悪でもなく、単に「釣ってしまった者への同情」といった感じで平然としている。そう、たとえばエイやウミヘビのような厄介な外道がかかっちゃったね、くらいの。

「これ……なんですか？」

訊ねると船長さんは肩をすくめて、

「毎年、こんくらいの頃になるとどっかの船に絶対にかかんだわ。昔っからの習わしでさ、獲っちまったら持って帰って喰い切らないとサワリがあんだっつって」

喰う？　これを？　石持さんは足元で苦しげに身をよじらせ、ふたつの口を震わせながら死につつあるグロテスクな魚を見下ろした。

黒田さんが苦笑して、石持さんに言う。

「だけどさ、食べなきゃいけないって言ってもこの姿を見ちゃ食欲も失せるだろ？　味はまずかないらしいけどさ」

そして彼が妻と顔を見合わせて言い放った言葉は、あるいは釣れてしまった魚自体よりも厭だったと石持さんは顔をしかめる。

「だから、分かんないように捌いて何にも知らない観光客とかに喰わしちまうんだよな」

船長さんも、困ったように笑うばかりで否定の言葉はなかった。

石持さんの脳裡に、これまで船宿の二階で食べてきた豪勢な海鮮料理たちが浮かんだ。

下船後、もちろん昼食は断って帰り、それからその釣り船屋には行っていないそうだ。

焼き付く

Ｓ＊＊川は、東北の某県を流れる小さな川だ。県南の山間から北へ下って二つの町を進み、やがて一級河川のＡ＊＊川に合流する。

かつてその流域で、発祥不明の「縁切りのおまじない」が流行ったことがあったという。縁を切りたい相手がうつった写真を用意し、裏に自分と相手の名前を書いて二つに破り、川の上流に架かるある橋から流すのだそうだ。

流行りと言っても地元の中高生を中心に密やかに噂されていた程度で、それも数年で下火になったというから大した効果はなかったのかもしれない。まだネットも普及していない時代の話である。

坂口さんがそのおまじないを知ったのは、当地出身の漫画家のエッセイからだったそうだ。坂口さん自身は埼玉の生まれだが、父方の祖父母の家——いわゆる「本家」がそちらの方で、子供の頃に何度も遊びに行ったことがあった。読んでいた本に不意に現れた聞き馴染みのある地名に、興味をひかれたという。

——本家を継いだ伯父さんが町議会の研修で上京し、坂口さんの家に寄った時のこと。夕食の席で、坂口さんはおまじないのことを訊ねてみたそうだ。父親は「知らない」と言っていたが、十歳以上離れている伯父さんは、噂が流行った時期にちょうど高校生だったはずだ。

しかし、伯父さんの反応は芳しくなかった。

「そんな話は聞いたことないな。まぁ、そういうおまじないみたいなのって、女の子の方では盛り上がってても野郎は知らないってこともありそうだし」

だがビール瓶を片手に、少し思案げにしていた伯父さんは、ふとこんな話をしてくれた。

「あーでも……もしかしたら、アレはその話に関係あるのかもしれないな」

なになに？　と坂口さんは身を乗り出す。伯父さんはひとつ頷いて、

「S＊＊川の上流の方には浅瀬になっているところがいくつかあって、ちょっとした渓流釣りの名所なんだけど」

伯父さんが釣り好きなのは、昔、夏休みに何度も連れて行ってもらったことがあるので坂口さんも覚えていた。

「そこでヤマバイ（ヤマメ・サクラマスを指すらしい）を釣ってるとさ、時々、人の顔がついてるのが獲れることがあるんだよ」

人の顔がついた魚。

「人面魚ってこと？」坂口さんが訊くと伯父さんは首を振って、

「そうじゃなくて――パーマークって言うんだけどさ、子どものヤマバイは体の側面に、

並んだ楕円形の模様が出るんだよ」

　スマホで画像検索して見せてくれる。

「普通は大きくなるにつれて薄くなっていくんだけど、たまに、四十センチくらいのどう見ても成魚だろってやつに、黒々とした楕円の模様がクッキリ残ってることがあって……見たらその一個一個が、人の顔になってるんだよ」

　言葉で説明するのは難しいんだけど、と前置きして伯父さんが言うところによれば「コントラストを思いっきり強くした白黒写真」のような感じで、目、鼻、口の輪郭がぼやっと浮き上がっている程度なのだが、それが一様に苦悶の表情を浮かべていることだけはハッキリ分かったのだという。

「最近は分からないけど、十年くらい前までだったら、あのあたりで長く釣ってればみんな一度は獲ったことがあるんじゃないかな。釣り好きで集まったらたびたび話題に上ってたくらいだから。あの川はなんか変だ、そいつが釣れたらもうその日は魚がかからないって」

　みんな気味悪がってたくせに、あの辺じゃ一番釣れるスポットだからって結局行っちゃうんだからバカだよな。伯父さんは肩をすくめて笑った。

「お前の話を聞いて思ったんだよ。もしかしたら、誰かが流した写真に籠った恨みとか、念？　そういうのが川で洗われて水底に溜まっていってさ……やがてそこに住んでる魚に、そんな苦しげな顔を焼き付かせたのかななんて」

さすが議員をしているだけあって語り口が妙に達者で、坂口さんは背筋に寒いものを感じた。

隣で聞いていた父も、雰囲気に中《あ》てられたのか厭な顔をする。

「ほとんど民話だな。平家蟹の伝承みたいだ」

「で、釣れちゃった魚はどうするの？」

先ほどの伯父さんの、やけにディテールの細かな模様の描写を聞くに、実物を見たことがあるのだろうと坂口さんは察した。

「みんな棄ててたよ」

伯父さんは苦い顔をする。そして。

「確かに顔が浮いてるヤマバイは、なんか知らないけどどれも妙に味が薄くって旨くないから持っててってもしょうがないんだよな」

手元の焼き魚の骨を器用に外してほぐしながら、伯父さんは微笑んだ。

その言い草が明らかに何度か食っている奴の感想だったので、なんだか坂口さんは拍子抜けしてしまったという。

だるま宿

　仕事で長くかかずらっていた案件が一段落し、横山さんはひと月遅れの盆休みを取ることにした。

　せっかくの久しぶりの休日、旅行にでも出ようか……長旅はかえって消耗してしまいそうだから、関東近郊で一泊してすぐ帰ってこられるところが良いとネット検索で行き着いたのが、その海沿いの町だった。名所旧跡のたぐいがあるような場所ではないが、それだけに静かで海が奇麗なのだという個人ブログの記事に惹かれた。

　一日一組限定で、地場の魚を使った夕食が絶品だという民宿を予約した。小さな宿で海風に当たりながら、ずっと読めずに積んでいた本を読んでいく……そんな休暇も悪くない。

　特急電車を乗り継いで、都心から一時間半ほど。駅前通りの坂道はやはりそれほど観光地化されていない印象で、五分も下ると海に出る。

　海岸線に並んで走る国道沿いに、その宿はあった。

　言われなければ民宿とは思わない、看板も出ていない、ごくありふれた白壁に三角屋根の二階建て住宅だった。たとえるなら「のび太の家」のような。

目を引いたのは、玄関の軒先に竹竿のようなものが渡してあって、頭を落とした大きな魚が吊るされていたことだ。六十センチくらいはあって、まるまると太っている。見慣れない魚だ。鱗を感じないつるりとした体表は真っ白で、ブリの腹を思わせた。

出迎えてくれた宿のご主人に訊ねてみた。

「ああ、この時期になると吊るすことになってるんです」

十月初旬に海の祭りがあって、そのお供え物なのだという。

「あれはなんて魚なんですか？」

「この辺りでは昔からダルマ、と呼んでます。手も足もないのに一丁前だからって」

手も足もないのに一丁前。なんだそりゃ。手も足もないのは、魚はみんなそうじゃないか……とは思ったが、横山さんはそれ以上、深追いはしなかったという。早く部屋で荷解きをして一息つきたかったのだ。

まぁ、古くからの俗称みたいなものに文句を言っても仕方がない。

通された二階の和室は、褪せた畳や壁に年季は感じたが清潔で、何より海に面して大きな窓が切ってあるのが気に入ったという。

「押入れは開けんでくださいね。ウチのものが色々入ってますんで」

すいません、と頭を下げてご主人が言う。見ると、押入れの襖と柱にささやかな南京錠が取り付けてあった。開けっ放しだと、中のリネンや何やを勝手に使って汚す客がいるのだろう。布団が部屋の隅に畳まれているのもそのためかと、横山さんは理解した。

聞いていた評判通り、旬のキンメダイやアジ、甘エビの刺身がたっぷり盛り合わせられてカニ汁までついてくる豪華な夕食には大満足だったが、出てくるかもと少し興味があった「ダルマ」は並ばなかった。

「あれは人が喰う魚じゃねえですから」

料理を運んできたご主人に食べてみたかったと言うと、そう困ったように笑われた。

神様への供物に、人間が手を出してはいけないのかもしれない。いかにも脂がのっていて旨そうだったが……と、少し残念に思ったそうだ。

ゆっくり風呂に浸かって部屋に戻ったら、夜風が入るよう窓を開け、敷かれていた布団に早々に潜り込む。持ってきた新書を読んでいるうちに、いつの間にか灯りも消さずに眠ってしまっていた。

ふと目が覚めたのは、何か耳にざわめきを感じたためだ。

どこかから声が聞こえる。何人もの男がひそひそと喋っている……いや、僅かに抑揚の変化があった。歌？　違う。これは読経だ。誰かが集まって経を唱えている。

横山さんは起き上がった。外を見下ろすが人影はない。窓を閉めて気づいた。

声は背後から聞こえていた。鍵のかかった押入れから。

——中に誰かいる。

驚いたが、分かってしまったら確認せざるを得なかった。

錠前を引っ張ると、柱に打ち付けられていた金具は簡単に外れた。

手を伸ばし、襖を一気に開ける。

横山さんは目を疑った。生臭い匂いが鼻を突く。押入れの中には「ダルマ」が三匹、並んで縛られ、吊るされていた。

頭は落とされていない。ずっとここに吊ってあったなら生きているはずないのに、尖った小さな口がぱくぱくと小刻みに動いている。

読経の声は明らかにそこから漏れていた。

三匹の経を唱える魚の死骸。

混乱する頭の片隅で、横山さんは理解したという。


——ああ。手も足もないのに一丁前に経を読むからダルマなんだ。


さすがに部屋に居られなくなって、横山さんは廊下に出た。

階段を上がって来たご主人と行き会う。横山さんが何も言わないうちに、「ダルマを食べてみたい」と言った時と同じ当惑したような、何か諦めたような笑みを浮かべて、

「……外の人には、聞こえないはずなんですけどね」

夕食を取った一階の座敷に布団を出してもらったが、結局、一睡もできないまま、横山さんは朝食を断って宿を出た。

宿代は要らないと言われたので応じることにした。ご主人は「驚かせてしまって申し訳ない」と謝るばかりで、結局アレが何だったのかは教えてくれなかったという。

供物の部屋

天藤さんは文筆業をしているが、初めて仕事をする編集者には最初に「先生と呼ばないでくれ」と言っているそうだ。

天藤さんは大学生の頃、住んでいたアパートの近所にある学習塾でアルバイトをしていた。

下町のそれほど進学熱の高くないエリアだったから、生徒や保護者の空気が殺伐としていないのが良かったそうだ。社員である室長先生以外の講師はみんな年齢の近い学生バイトで、連休には教室みんなでバーベキューに行くようなアットホームな塾だったという。

「ねえねえ天藤先生、知ってます？　自習室におばけが出るらしいですよ」

その日の授業がすべて終わった夜のスタッフルームで、そう、嬉々として話しかけてきたのは隣のデスクの藤原先生だった。女子大に通う一個上の先輩で、以前飲みの席で天藤さんが「ホラーが苦手」と話してから、何かあるたびに怪談話を彼に聞かせようとするお調子者だ。

尤《もっと》も当時、天藤さんは藤原先生に淡い恋心を抱いていたそうで、そんなイジりも嬉しかったというのだが。

「変なこと言わないでくださいよ」

天藤さんが嫌な顔をしたのに気を良くして、藤原先生は続ける。

「中一のクラスで話題になってるみたいですよ。何人も見た子がいるって。自習に来たら真っ暗で、蛍光灯のスイッチを押してパッと灯りが点いたら、ボロボロの真っ黒い服を着たおじいさんが立っててこう、生の魚を頭からバリバリ食べてるんですって」

剥いたバナナを食べるようなジェスチャーをしてみせる。

「で、びっくりしてたらバチーンってまた電気が消えて真っ暗になって、また点けるともう誰も居なくなってるんですって」

「なんですか、その話」

藤原先生がヘラヘラ話していることもあって、まったく怖くない。

だが、確かに塾の一番奥にある自習室は、そんな噂が立ってもおかしくないような独特の雰囲気があったらしい。

窓がないせいか、灯りをすべて点けても四隅に影が溜まっているような仄暗さを感じ、空調は一括管理されているはずなのに他の教室よりも室温が低い気がした。生徒からも「なんか暗くない？」「寒いんだけど」という声を受けることがたびたびあった。

「ちょっと藤原先生」

室長先生がノートパソコンから顔を上げて、穏やかにたしなめる。

「子供たちが話してる分には良いですが、講師が変な噂話を広めるようなことはしないでくださいね」

理知的だが物腰柔らかな室長先生が天藤さんは好きだった。早期退職して塾講師に転身するまでは、有名な進学校で教鞭をとっていたと聞く。

はーい、と藤原先生は肩をすくめてみせた。

「ただ……魚、ですか」

自分で持ち込んだ私物だというコーヒーメーカーで天藤さんたちの分も淹れてくれながら、室長先生は呟くように言う。

「そういえば私も一回、自習室に入ったら生魚が腐ったような厭な匂いが充満してて、なんだと思ったことがありましたよ」

えーそれ絶対おばけですよ、とはしゃぐ藤原先生に釘を刺すのは忘れない。

「まぁ来月、工事が終わったら変な噂も落ち着きますよ。新しいピカピカの教室は、怖い話の舞台には不向きでしょうから」

ビルの上階を新たに一室借りて、自習室はそちらに席数を拡大して移すという。今の自習室は新設される個別指導コースの教室に改装すると、天藤さんは聞いていた。

その日、天藤さんは改装工事で休講中の塾を訪ねた。空き時間にレポートを書くために持ち込んだ大学図書館の本を、そのままスタッフルームに忘れていたことを思い出したからだ。

正面ドアは開け放ってあって作業員らしい人たちが出入りしているが、何か打ったり切ったりするような機械音のたぐいは聞こえず、静まり返っている。

工事しているはずの自習室を覗いてみた。椅子や机がすべて撤去されたガランとした部屋で、室長先生と現場の責任者らしい作業服の男性が何か図面を広げて話し込んでいた。

「ああ、天藤先生」

こちらに気づいて室長先生が手を上げる。忘れ物を取りに来ることは伝えていた。

「工事、止まってるんですか？」

「どうにも変なことが分かりましてね」

室長先生がそう言って手元の図面を見せてくれた。塾が入っているフロアの平面図だった。責任者氏が説明するには、図と実態が異なっているらしい。

「どうやら外壁に面した壁が二重になっていて、その間に一畳くらいの三角形のスペースがあるようなんです」

そう言って、外に面した壁とその横の壁をこぶしで叩いてみせる。

「ね、音が違うでしょう？　明らかに向こうに空間がある」

自習室は微妙に台形になっていることは天藤さんも気づいていたが、元々そうなっていたのではなく、前の入居者が工事したらしい。テナントの管理会社も把握しておらず、とりあえず壁を壊して中を確認する許可がようやく取れたところなのだという。

「死体でも出てきたら困りますからね」

責任者氏は冗談めかして言ったが、藤原先生の「おばけの噂」を聞いていたので笑えなかった。

話しているところに、大きなハンマーやバールを手にした作業員たちが入ってきた。

くだんの壁は、ハンマーの一振りであっけなく破れた。柱も入っていない、張りぼてのようなものだったらしい。

壁に穴が開いた瞬間、冷たい風が顔を撫でるのを感じたと天藤さんは言う。

会話もなく、どんどん壁が壊され撤去されていくのを見守っていると、

「おい、なんだよこれ」

呻くような声が上がった。ハンマーを持った作業員だった。

天藤さんは作業員の肩越しに、壁を取り払った中を覗き込んだ。

ぎょっとした。

そこには朱色に塗られた卓袱台《ちゃぶだい》のようなものがひとつ、ぽつんと置かれていた。

その上に、カサカサに干からびた茶色いものが山盛りになっている。

鰯か何か——切断された大量の魚の頭だった。

責任者氏が、こちらを振り返って当惑したように言う。

「何かのお供え物、とかですかね？」

天藤さんも、室長先生を見た。

「……ああ。そういうことでしたか」

室長先生は感情の見いだせない、妙に穏やかな顔をしていたという。

何か知っているんですか？　と訊ねるより先に、室長先生は壁の中を覗き込むように上体を屈めて、台に盛られた魚の頭を手に取ると。

自然な仕草でそれを口に運んだ。

くしゃ。がり。がり。ぼり。乾いた咀嚼音が漏れる。砕けた細かな破片を床に落としながら、二個、三個と……。

「いや何やってんですか、先生」

天藤さんが驚いて腕を掴むと、室長先生はにっこりと笑った。

「だけどこうやって、みんな償ってきたわけですから」

目の焦点が合ってないって、こういうことなんだ……その時の室長先生の表情が今も忘れられないと天藤さんは言う。

その場は責任者氏が狼狽しながらもとりなし、室長先生は明らかに様子が異常だからと、業者の車で病院に連れていくことになった。

数日後、塾の本部を名乗る女性から、天藤さんたちの教室の閉鎖が決まったという電話があったそうだ。近隣の別教室への転属を案内されたが、丁重に断って退職を申し出た。

それから何年も経って社会人になってから、天藤さんは一度だけ、室長先生らしき人を見かけたという。

ある時、電車に乗った天藤さんは、車両に足を踏み入れた瞬間、不衛生な公衆便所のようなアンモニア臭と、生ごみが腐った匂いが混ざった強烈な悪臭に驚いた。

酷い匂いに堪えかねて他の客はみんな移動してしまったのだろう、他に誰もいないガランとした車内で、ぼろきれのような真っ黒な服を着た老人が床に胡坐をかいて座っていた。脂ぎってボサボサの白髪が肩まで伸びている。ああ、ホームレスか。

老人は左手に握りしめた何かを食いちぎり、咀嚼している。

生の魚のように見えた。

関わり合いになりたくないと慌てて視線をそらし、隣の車両に移ろうと踵を返したその背中に、ああー、てんどーせんせえ。

そう親しげに声をかけられたような気がすると言うのだ。

振り返らなかった。確かめなかった。

だからあくまではそれは「らしき人」だ。

天藤さんは、初めて仕事をする編集者には最初に「先生と呼ばないでくれ」と言っている。あの声を思い出してしまうからだ。

もちろん、理由は説明しないそうだが。

竜宮の遣い

リュウグウノツカイ。ご存じの方も多いだろう。体長は大きいもので八メートルにもなるという「世界最長の硬骨魚類」である大型深海魚だ。

煌めく銀白色の身体にロングヘアを思わせる真っ赤な背鰭という神秘的な姿は、西洋のシー・サーペント伝説の元になったともされ、日本の人魚伝承もリュウグウノツカイの目撃譚が始まりとも言われている。

しかし、この話に登場する「りゅうぐうのつかい」は——


御年六十×歳になる馳さんは、北海道の小さな漁村で生まれ少年時代を過ごした。

網元の家で、当時は豊漁が続いていたらしく暮らし向きは豊かだったように記憶しているという。

「そうは言っても『北の国から』を地で行くような田舎だからね。電気はかろうじて通ってたけど、水道はなかった。毎朝、子どもが近所の川に生活用水を汲みに行くんだよ。だから金はあってもチグハグな生活でね。ウチのじいさんは当時から高級車だったクラウンを乗り回してたけど、同じ頃に便所は外に穴掘って済ませてたんだ」

十歳の年に祖父と父が揃って船の事故で亡くなり、馳さん一家は茨城の母方の実家に身を寄せることになった。

その前年。北海道の学校の短い夏休みが終わる、お盆明けの頃だったそうだ。

明け方、寝床でウトウトしていた馳さんは誰かの怒鳴る声を聞いた。

――つかいが上がったぞぅ、りゅうぐうのつかいが上がったぞぅ。

声はそう繰り返しながら、家の前を通り過ぎて行った。自転車にでも乗っているのだろう。布団の中でそう思っていると、母親に揺り起こされた。

「おつかいが上がったから行くよ」

馳さんは寝間着のまま空の両手鍋を持たされ、母に手を引かれて浜に連れていかれたという。

たくさんの人が集まっていた。みんな、女性と子供だったそうだ。寝ぼけ眼をこすっている同級生の姿も何人か見えた。

そして、砂浜の波打ち際に「それ」が転々と転がっていた。

馳さんには、それはピンク色の、豚の三枚肉に見えたという。

子供の握りこぶしくらいのものから、両手からはみ出すような大きさの塊まで。スーパーで煮豚用として売っているようなブロック肉が何十個も、数十メートルにわたって落ちていた。

それを集まった人たちが、それぞれ手に持った鍋やバケツにどんどん拾い入れているのだ。互いに言葉を交わすこともなく、ただ黙々と。浜は不気味なくらい静まり返っていた。

「ほら、あんたも拾って」

母に促され、馳さんも砂まみれの肉片を鍋一杯に集めたそうだ。
三、四十分ほどしただろうか、大方拾い終えると、誰が音頭を取るでもなくみんな帰って行った。
持ち帰った「りゅうぐうのつかい」はその晩、味噌仕立ての汁物になって食卓に上がった。具だくさんの豚汁のようで美味しかったらしいが、食べたのは彼と父と祖父、男だけだった。「母さんは食べないの？」と訊き、「そういうものだから」と言われたのが印象に残っているという。

そんなことは、その一度きりだった。翌年に海難事故があり、その年が記録的な不漁だったこともあって、先行きに不安を感じた母たちは家財と漁業関係の権利債務に始末をつけ、村を去ることを選んだ。

死んだクジラの肉片とかが流れ着いたんじゃないですか、と思いつきを口にしてみる。

馳さんは首をひねった。

「よく食べてた世代だから分かるけど、味が全然違ったんだよ。クジラって、やっぱり海のモノだからちょっとマグロの血合いみたいな、魚っぽい生臭さがあるけどあの肉はそうじゃなくてさ。色だって、クジラの赤身って馬肉みたいな色だろ？　本当に、味も色も、店で売ってる豚肉そのものだったんだよ」

そう言ってから――まぁでも、部位とか調理法でも違うのかなぁ、と自信なさげに付け足す。半世紀以上前に、一度だけ食べたものの味の記憶なのだ。曖昧でない方がおかしい。ただ、切ったようなブロック状で、しかも肉の部分だけが漂着するというのはやはり妙だ。

何もかも不自然な情景ゆえに、長らくあれは夢だったんだろうと思っていたという。あるいは一度、母に訊ねて、そう言われたような気もすると。

それを思い出したのは数年前のことだそうだ。

銀婚式の記念に出かけた温泉旅行。宿の大浴場でひとり、むくんだふくらはぎを揉んでいてふと、足の甲についた古い小さな切り傷が目についた。

そうだ。これはあの日、つけた傷じゃないか。馳さんはハッとした。

砂浜を歩いていて、埋まっていたガラス瓶の破片か何かを踏み抜いて足を切ってしまったのだ。痛みに声を上げた時に周りの大人たちから睨まれた、その視線まで脳裡に鮮明に蘇った。

「静かにしなさい」すがった母に冷たく言われ、意味も分からず下を向いて痛みを堪えた。

やっぱりあれは、本当にあったことだったんだ。

馳さんの祖母も母も早くに亡くなっている。故郷の村も聞くところによれば、彼らが越してからも不漁が続いたために住民の離散が止まらず、集落としては事実上、廃村になり属していた自治体も合併でなくなってしまっているそうだ。

「りゅうぐうのつかい」とはなんだったのか、もはや確かめようがない。

だから怖い話の本に載っけてよ。誰か知ってる人が現れるかもしれないからさ。

そう馳さんに託されて、筆者はこの項を書いている。

巨大蟹は僧侶たちの夢を見るか　——お口直し②

ポワソン《魚料理》の章では「焼き付く」と題して、体表に人の顔のようなものが浮かぶ魚の話を紹介しました。

話中でも触れられていますが、魚介類で「体表に顔が浮かぶ」と言えば、平家蟹の逸話を思い出す人が多いのではないでしょうか？

平家蟹には別名が多く、愛知県では源頼朝に父の仇として処刑された長田忠致親子の怨念が宿ったのだと説明されて「長田蟹」と称され、兵庫県では、元弘の乱で敗れて流罪となった尊良親王の随身で、兵庫沖で海賊に襲撃されて死んだ秦武文の化身だと言われ「武文蟹」と呼ばれるそうです。

同じく兵庫には、戦国時代初期の細川家の内紛に端を発する大物崩れで討死にした島村弾正貴則にちなむ「島村蟹」という呼び名も残っており、福岡県では平家滅亡に先立って入水自殺した平清経に由来する「清経蟹」の別名もあるようです。

尤も、日本近海に生息するヘイケガニ科のカニで甲羅に人面に似た模様がある種はキメンガニやサメハダヘイケガニなど数種いて、これら人名を冠したカニがすべて平家蟹＝標準和名ヘイケガニを指すものかは、口承ゆえに曖昧です。ともかく、全国各地でこうした伝承が生まれても仕方のないインパクトある見た目であることは確か。「人間が気味悪がって食べない、より人の顔っぽく見えるカニが生き残って子孫を残すから、代を経るごとにどんどん顔に近くなっていくんじゃないか」なんていう人工淘汰説を大真面目に考えた人さえいたそうです（実際にはヘイケガニは、可食部が少なすぎて一般に食用にはされないとのこと）。

さて、身近な生き物ゆえに、カニが登場する古い怪談は全国各地に伝わっています。代表的な話型のひとつが「蟹坊主」。「蟹問答」とも呼ばれますが、こんなお話が典型です。

その無人の寺では、旅の僧侶が泊まった夜には非常に大柄な僧侶が訪ねてきて「両足八足大足二足、横行自在にして両目は天を指す。何者か？」と問答を仕掛けてくるという。問いに答えられないと殺されてしまうのだが、ある晩、ひとりの僧が「それは貴様、カニのことだ！」と看破して持っていた金剛杵でぶん殴った。巨大な僧は悲鳴を上げて出ていき、翌朝になって外を見てみると大きなカニが甲羅を潰して死んでいた――

クイズを出題し、解けないと害するというまるでスフィンクスのような怪物ですが、「蟹坊主」の起源は山梨県の長源寺であると言われています。

長源寺は山号を「蟹澤山」といい、蟹沢とは周辺の地名であるようです。一種の地名由来説話として語られており、実際には地名から逆算して作られた物語なのでしょう。葛城山で修行を終えた山伏が、その帰路でカニの化け物に出くわす狂言『蟹山伏』がモチーフになっているという指摘もあるようです（『蟹山伏』でも物語の舞台は「蟹ケ沢」という場所だと説明される場合があり、地名由来譚の性格を持っています）。

全国に存在する「蟹沢」という地名は、単純にその沢にカニが棲んでいたからだと説明づけられることもありますが、金その他の金属が産出したために「カネサワ」と呼ばれていたのが転訛したパターンもあるそうです。

カニと僧侶の奇縁を語る説話があるのは日本だけでなく、海の向こう中国にも存在します。こちらは「カニを人に見立てる話」でもあり、平家蟹伝説とも一脈通じるところかもしれません。

チュウゴクモクズガニ、いわゆる上海蟹の胃袋は法衣を着た僧侶が座禅を組んでいる姿のように見えることから、一部の地域では「蟹和尚」と呼ばれているそうです。そしてそれを、中国の有名な民話『白蛇伝』に絡めた、以下のような物語が語られるようになったのだとか。

薬屋の許宣《きょせん》が出会い恋に落ちた美女、白娘子《はくじょうし》の正体が白蛇の化け物であると看破した高僧・法海は、彼女を打ち倒し雷峰塔に封印する。しかし、許宣たちは仲睦まじい夫婦であったことから市井の人々は「可哀想だ」「法海はひどい奴だ」と口々に非難し、やがて玉皇大帝（道教の最高神）すら白娘子に同情して法海を罰することにする。大帝に遣わされた仙人の追っ手から逃げ出した法海は、とうとう陽澄湖の岸辺にまで追い詰められる。法海は岩の隙間に居た上海蟹の甲羅の中に身を隠した。

　それを見た大帝は「蟹殻の中で修行し、その罪を償え」と告げ、彼を閉じ込めてしまった。だから法海は今でも、上海蟹の中で座禅を組んでいるのだ――

『白蛇伝』は非常に歴史が古く、バリエーションの多い物語です。特筆すべきは、時代が下るにつれて元は「化け物に魅入られた男が生気を吸われ危うく命を落とす」シンプルでありがちな淫魔伝承だったのが、だんだん白娘子の健気さや不器用で一途な愛情がクローズアップされ（話によっては、夫に喜んでほしい一心で訳も分からずあちこちから金品を盗んできてしまい、そのせいで許宣が投獄されるというくだりすらあります）、さながら『人魚姫』のような悲恋の物語へとストーリーの勘所が変わってくる点です。

　本来なら化け物を退治したヒーローであるはずの法海が追われる身となる後日談も、そうした物語の変遷による、読者の要請から生み出されたのでしょう。法海さんからしたら、たまったもんじゃないでしょうが。

【参考文献】

『江戸諸国百物語　諸国怪談奇談集成　東日本編』人文社
「蟹に化した人間たち（1）」蛸島直／『人間文化：愛知学院大学人間文化研究所紀要（27）』所収
「『白蛇伝』にみる近代の胎動」川田耕／『京都学園大学経済学部論集（23）』所収
曹洞宗蟹澤山長源寺　公式WEBページより「大蟹の伝説」https://fruits.jp/~tho3200/kani.html（二〇一四年七月三日閲覧）

ヴィアンド

肉にまつわる奇譚

お母さんデリバリー

『かつどんのでまえをひとつ、おねがいします』

皆川さんが中学三年の頃、両親が遠方の親類の葬儀に出るので遅くまで帰らない日があった。もちろん、夜まで留守番だと言って心細く思うような齢ではない。

学校帰りに近所のスーパーで買ったカップラーメンに菓子パンで簡単に夕食を済ませ、リビングでテレビを見ていると電話が鳴った。時刻は七時を回ったところ。

親からかと思い、出ると相手は名乗りもせずに開口一番、

『かつどんのでまえをひとつ、おねがいします』

と言ってきた。声色は大人の——落ち着いた中年男性のものだったが、発声というか言い回しが妙に拙く聞こえた。幼い子供が、渡されたメモを頑張って読み上げているような、そんなちぐはぐな話し方だったという。

皆川さんの両親はサラリーマンと専業主婦だ。出前なんてやっていない。

なんだ、間違い電話か。そのまま切ってしまおうかとも思ったが、

「あの、番号が違ってるんじゃないですか？」

だが相手は聞こえなかったのかもう一度、同じ言葉を繰り返してきた。

『かつどんのでまえをひとつ、おねがいします』

「あのですから、番号をお間違えですよ。何番におかけですか？」

『おねがいしましたからね。ひとつでいいですから』

まったく話を聞いてくれない。喋り方も変だし、ちょっとおかしい人なんじゃないか？

そんな風に皆川さんが思った時だった。

『ミユキさんが分かりますからね』

一瞬、ひやっとした。「ミユキ」は、皆川さんの母親の名前だった。

それだけ言って、結局名前も住所も言わないまま電話は切れてしまった。

……まぁ、ミユキなんて名はありふれている。どこかの蕎麦屋に母と同名の店員がいて、名乗らなくても分かってもらえるくらい懇意にしているのだろう。びっくりしたが、単なる偶然だ。

それにしても誤解がとけないまま切れてしまったので、このまま相手が頼んだつもりになっている出前を待っていたら可哀想だと皆川さんは思った。

折り返して注意してあげようと着信履歴を開いて、あれと思った。今しがたかかってきたはずの記録が、電話機の不具合か残っていなかったのだ。

それじゃ仕方ないな、と皆川さんは諦めて受話器を置き、風呂に入ることにしたという。

結局、両親が帰って来たのは九時を過ぎた頃だった。

喪服のままダイニングセットにぐったりと座り込む父母に麦茶を出してやって、皆川さんも面識のある叔母や従兄弟の様子を尋ねた。仕入れてきた親類のゴシップめいた話を楽しげに話す母親に苦笑しながら、皆川さんはふと思い出して雑談のつもりで先ほどの電話の話をした。

「さっき変な間違い電話がかかって来てさ。名前も言わずにただ何度も『かつ丼の出前をお願いします』って言うの」

その途端、両親の顔色がサッと変わったという。

ふたりとも、こわばった表情でこちらを見ている。

母が立ち上がる。

「それ、いつのこと?」

聞いたこともない低い声。蒼白な顔。困惑し、だが答えた。

「だからさっきだよ。七時頃……」

リビングの時計を見て、母は安堵したように表情を緩めた。「よかった、間に合う」

母は冷蔵庫の中を覗いて皆川さんに「ごはんだけ炊いておいて。一合ね」と指示して外に出て行ってしまった。

なんだか分からず、父に訊ねた。

「どういうこと？」

「知らねえよ」

顔をしかめ、そう吐き捨てると父は二階の自分の寝室に引っ込んでしまったそうだ。普段は温厚な父らしくない態度だったという。

言いつけ通り炊飯器をセットして母の帰りを待った。遅くまで営業している駅前のスーパーの袋に豚肉や玉ねぎ、パン粉を詰めて汗だくで戻って来た母を見て、この人本当にカツ丼を作ってどこかに出前するつもりなんだ、と受け入れざるを得なかった。

「ミユキさんが分かりますからね」と言った、あの棒読みのような声が脳裏に蘇る。

「ねえお母さん……」

「ごめん、忙しいから話しかけないで？」

ぴしゃりと撥ねつけられ、さすがにムッとした。さっきの父の態度と言い、なんだと言うんだ。

自分の部屋に戻って、母がとんかつを揚げる音を聞きながら漫画を読んでいたが、やはり気になってドア陰から様子を覗く。母は喪服を着替えもしないまま、父が使っている青い縞模様の丼鉢にラップをかけて、抱え込むように持ってそのまま出て行ってしまった。外で、車のエンジンの音。いつもは父に任せて滅多に運転しない母なのに。

こんな夜に、疲れているのに、電話一本で料理を作って持って行かなきゃならないなんて。どこの誰か知らないがどう考えても常軌を逸している。

お母さんは脅されているんじゃ——そんな想像が膨らんだ。嫌がらせのような無理な要求をして母を苛んでいる誰かがいる。

リビングに出て、母が戻ってくるのを見るまで寝ないと決めた。

日付が変わってから、母はボロボロになって帰ってきた。

服は腰のあたりまで泥だらけで、腕と脚にはひっかき傷がいくつもできていて痛々しかった。まるで、草木が鬱蒼と茂った整備されていない山道を無理に分け入ってきたような、そんな様子だった。

皆川さんは声をかける前に、母に抱きしめられた。

「大丈夫だから……もう大丈夫だから……」

娘にというより自分に言い聞かせるように、震えながらそう繰り返す母。皆川さんは何も言えなくなったという。

翌日の朝食の席では父も母も普段通りに見えたけれど、それだけに「努めてそう振舞おうとしている」のが痛いほど伝わって、何も訊けないまま学校に行った。その帰り道だ。

連れ立っていた友人が、皆川さんの家の前でふと、訝しげに目を細めた。

「あれ、なんか乗っかってるよね？　なんだろ」

そう言って上を指さす。目で追って、皆川さんは絶句した。

瓦に引っかかるようにして、二階の屋根の上に青い縞模様の丼鉢が伏せて置かれていた。

食べ終えて、返却してきた？

両隣の家とは、庭があって離れている。電柱や街路樹と言った足がかりになるようなものもない。なのに、二階家の上に丼が乗っているのだ。

皆川さんは、母が出前を届けた相手のことを、例えば借金取りのヤクザものとか、何か弱みを握られている不倫相手とか……少なくとも、人間だと思っていた。

そうじゃなかったのかもしれない。

帰宅して、キッチンに立つ母の背中に「丼、屋根の上にあったよ」と伝えた。

逡巡するような一拍の間のあと、母は「じゃあ、お父さんに取ってもらわないとね」といつもの明るい声で応えて、それだけだった。振り返りもしなかった。

拒絶されたと理解して、皆川さんは諦めた。

娘には知られたくなくて、そしてきっと、どうにもできないモノなのだろう。

それから、皆川さんが十九歳の年に母が自動車の自損事故で急逝するまで、カツ丼の出前の話は家族で一度もしないままだったし、あの男から電話がかかってくることもなかった。少なくとも、皆川さんの知る限りでは。

父には一度だけ――母の通夜の晩に、訊いたことがあるそうだ。あの夜、お母さんがどこに行ってたかお父さんは知ってるの、と。

「そんな話知らない。何を言ってるんだ」

嫌悪に歪んだ父のしかめ面は、あの時と同じだった。

皆川さんは、いつか自分の元にも電話がかかってくるんじゃないかと溜息をつく。

「困るんですよね。あたし、お母さんと違って料理下手だから」

一応、カツ丼だけは折に触れて練習しているのだと言って、皆川さんは力なく笑った。

閉店作業

下村さんには行きつけの焼肉屋があった。

元はラーメン屋か何かだったのに居抜きで入ったのだろう、二人掛けのテーブルが三つある他はカウンター席が並んでいるだけの手狭な店で入り口には「おひとり様大歓迎！団体様困ります！」とおどけた看板が出ていたという。そのお言葉に甘えて、一人の夕食に多い時には週一のペースで通っていたそうだ。

席ごとに七輪を出してくれて炭火で食べるスタイルで、ホルモン類を中心にあまり聞いたことのない部位も日替わりで出るのでヘビロテで通っても飽きない、良い店だったと下村さんは懐かしむ。

常時、二人か三人のバイト店員で回していて、みんな近くの大学のスポーツ系の学科に通う学生さんたちらしく、明るく溌溂とした人ばかりだったのも好感が持てたという。胸元につけたネームプレートに「りなちー」「ゆーきゃん」などそれぞれの渾名と、各自オススメのメニューが書き込んであり、誰かのオススメを注文するとハイボールが半額になるチンチロリンをやらせてもらえたらしい。

「なんか全般、若いな、って感じの楽しいお店だったんですよ。まぁ、そういうノリが嫌な人もいるでしょうけどね」

筆者のことを見透かしたように、下村さんは付け加える。

「ウチ、今週いっぱいで閉めることになったんですよ」

会計が終わって、いつものミント味の板ガムを渡してきた後で「りなちー」さんに言われ、下村さんは驚いた。先週来た時にはそんな様子は一切なかったのに。理由を訊ねたが、「私たちもオーナーから急に言われて。詳細も分からないんすよね」と首を傾げられた。

確かに出入り口のガラス戸にも、その週の日曜で閉店するという貼り紙が出ていた。

行けるな、と下村さんは思った。常連客として、迷惑かもしれないが最後の日に、店のみんなに差し入れでも持っていこうと決めた。

日曜日の夜。商店街はほとんどの店がシャッターを下ろしていて薄暗く、シンと静かだ。駅前の洋菓子店で果物ゼリーを求めた下村さんは、焼肉屋へ急いだ。

四年ほど足しげく通った店だ。店員たちとも馴染みになって、閉店後にみんなでカラオケやバーに行ったことも一度ならずあった。四年の間に下村さんは転職し、引っ越し、そして何度か一緒に食べに行ったこともある彼女に振られた。「今夜はあの店でドカ食いして痛飲するぞ」を心の支えに、乗り切った重めの折衝やキツいクレーム処理もあった。

同じように別れを惜しむ常連でごった返しているかもしれない。その時は、差し入れだけ渡して帰ろう。

店の前まで行って、あれ、と思った。

まだ営業時間中のはずだが、正面のガラス戸にロールカーテンが引かれている。在庫がなくなって早々と閉めてしまったんだろうか……せめて、片付けで残っている店員がいれば、と戸に手をかけると、鍵はかかっていなかった。

店内には焦げ臭い匂いが充満していた。肉の脂が焼ける香ばしい匂いではなく、焚火のような、あるいは紙ゴミを燃やしたような。換気扇が止まっているようで、薄く白煙が漂っている。

「あー、お客さん」

声をかけられた。奥のテーブル席に七輪が置かれていて、それを囲んで顔馴染みの店員たちが――「りなちー」さん、「ゆーきゃん」さん、「おいさん」の三人が座っていた。

こちらを向く三つの顔には揃って生気がなく、一様に薄い笑みを浮かべていて妙に白かった。何より下村さんをぎょっとさせたのは、三人とも坊主頭になっていたことだ。不揃いであちこちまだらになっているのが痛々しく、素人がバリカンで乱暴に丸刈りにしたと見えた。

「……ごめん、もう閉店だった？」

どう考えても訊くべきはそんなことではなかったが、異様な光景を前に頭が回らなかったという。

テーブルには肉も野菜も、食材は何も並んでいない。

七輪からはオレンジ色の火柱が上がっている。網の上に、炎に舐められて真っ黒になった何かが「座って」いた。

表面が焼け焦げてボロボロと崩れてしまっているが、まだかろうじてそれが小さなテディベアであることは分かった。

「今、許してもらってるところなんですよ」

そう言ったのは「ゆーきゃん」さんだった。

「おいさん」も穏やかな表情で重ねる。

「許してもらわないと、閉じられませんからね」

何言ってるんだこいつら？　許してもらう？

立ち上がった「りなちー」さんが、戸惑う下村さんの腕を掴んで引く。

「ねえ、お客さんも一緒にお願いしてくださいよ」

彼女は制服のエプロンをしたままだったが、胸元のネームプレートが書き換わっていることに気づいた。

渾名が書いてあった場所には「×××信女」と書かれていて、下段のオススメメニュー欄には一文字だけ、「罪」とあった。「厚切りタン塩」だったのに。

信女って、戒名じゃないか。下村さんは気づいた。他の店員たちのネームプレートにも居士だの大姉だの、仏壇の位牌でしか見たことのない字が並んでいた。

もう限界だった。

下村さんは腕を振り払い、ゼリーの紙袋を「りなちー」さんに押し付ける。

「これ、差し入れだから！」

踵を返して店を出ようとした下村さんのズボンのポケットに、何かが無理やり、押し込まれた。だが、振り返って確かめる間もなく走って逃げたという。

人通りがあって明るい駅前のロータリーまで着いて、やっと人心地ついた。

あの店で一体、何があったのか。彼らは何をやっていたのか。分からないが、戻る勇気はなかった。

そうだ。下村さんは「りなちー」さんにズボンのポケットに突っ込まれた何かのことを思い出した。紙を折りたたんだような、薄いモノ。

メッセージをしたためた手紙の類ではと思い、こわごわ取り出す。

ミント味の板ガムだった。

そのサービスは健在なんかい、と思ったという。

シドーサンの昼餐

読者の皆さんの地元には、学校で「ご当地給食」が出る日はあっただろうか。

「三重県の給食には松坂牛が出る！」「富山県の給食にはカニが！」など、テレビ番組で取り上げられることも多い、地域の名産品や食文化を子供たちに知ってもらおうという趣旨で供される特別メニューだ。筆者の出身はサケ漁が盛んな北国の田舎町で、年に一度、給食でイクラごはんが食べられる日というのがあったのを覚えている。

「小学校で先生に生肉を食べさせられたことがある」というその話を切り出された時も、最初はそういった、変わった給食の話なのかと思ったのだが。

それは中井さんが四年生の時、夏休み前の終業式の日だったそうだ。

最後の学活の時間、休みに向けた生活上の注意などを通り一遍話した後で、先生がパン、と手を叩いて言った。

「今年は皆さんがシドーサンなので、これから家庭科室に行きます」

シドーサン？　なんだろうと中井さんは思った。人の名前だろうか。

中井さんは横目で周囲をうかがった。クラスメイトたちは、特にその言葉に引っかかりや疑問を感じてはいないようだった。お調子者の島田くんあたりが「シドーサンってなんですかー?」という声を上げるかと思ったが。どうやら他の子はみんな、言葉の意味を知っているらしい。

そうなると、なんだか質問するのが恥ずかしいような気もした。先生や周りの子に訊ねられないまま、廊下に出て整列するよう号令がかかる。

家庭科室に向かう途中、他の教室を横目にすると、よそのクラス・学年は帰り支度を始めている。先生の言った「皆さん」とは、中井さんの四年二組だけを指していたらしかった。

家庭科室は校舎一階の北端にあった。いつも薄暗く肌寒い場所という印象だったという。

並んだステンレスの調理台の前に、実習の時のように座らされる。

知らないスーツ姿の中年男性が三人、窓際に並んで立っていて何事か談笑しているのが気にかかった。中井さんが覚えている限り、教師や誰かの保護者ではなかったというが、彼の言葉を借りれば「偉い人なんだろうなってオーラが出てた」そうだ。先生からの説明や紹介もなかったという。

そして、その儀式めいた時間は始まった。

座っている子供たちの間を、先生が壺のようなものを抱えて回っていく。白くてずんぐりした円筒形のおそらく磁器製の容器で、中井さんには骨壺に似ているように見えた。

先生が来ると、子供たちは左手を差し出す。先生は壺から生肉の破片らしきものを長い箸で摘まみ出し、その手のひらの上に載せる。

生肉を受け取った子供は立ち上がって、

「しまだけんじです！　シドーサンおむかえします！」

自分の名前を言ってそう声を張り上げてから、生肉を口に放る。すると、周りの子たちが一斉に拍手する。

……そんな一連の流れを、みんながスムーズに行えていることに中井さんは戸惑った。そして、思い至ったという。一週間前、祖母の三回忌で学校を休んだ日があった。きっとその日に、みんなは「シドーサン」について説明を受けたのだろう。

中井さんの番が来る。見よう見真似でおずおずと左手を差し出し、立ち上がって自分の名前を叫ぶ。手の中の五センチほどの肉片は、ほとんど紫に近い深い血の色をしていた。

鹿やイノシシのような、いわゆるジビエと言われる肉だったんじゃないかと中井さんは想像している。

生肉をそのまま口に入れることには、既に何人もためらわず食べているのを見ていたので抵抗は感じなかったという。もう雰囲気に呑まれていたのだろう。

タレや塩に漬け込まれていたような風味はなかった。噛むとナタデココに似た汁気を含んだ弾力があって、鼻血が喉まで溢れた時のような濃い鉄の味が口いっぱいに広がるのを、吐きそうになりながら飲み下したそうだ。

拍手を受けながら席に着く。乗り切った……という安堵と、奇妙な達成感を覚えた。

それからはぼんやりと、つつがなく進んでいく「儀式」を眺めていたという。

あと三人で全員に肉片を配り終わるという時になって、先生の足が止まった。

かおるちゃんという女の子が自分の番になっても左手を挙げず、その場でぽろぽろと泣き出してしまったからだ。

「どうしたの？　ほら、お迎えするんでしょ？」

そう声をかける先生の口調は、優しかったが苛立っているのが分かった。先生は、あの窓際のスーツの三人のことを気にしているようだった。かおるちゃんは言われても何度も首を振るばかりだ。

それまで無言だった室内がざわつき始める。かおるちゃんの近くに座っている子たちは「大丈夫？」「ゆっくりでいいからね」と優しく慰めていたが、「早くやれよ」と心無い声を上げる男子もいた。

先生が舌打ちして全員に言う。

「静かにしなさい！　シドーサンに失礼でしょう」

スーツの男性のうちのひとりが、割って入るように言った。

「その子には残ってもらって、先に終わらせてしまいましょう」

結局、かおるちゃんは飛ばして最後の子まで「儀式」を済ませると、そのまま中井さんたちは帰らされたという。


それきり、かおるちゃんに会うことはなかった。

夏休みが終わった始業式の日、教室に行くと彼女の机が撤去されていた。

「おうちの都合で引っ越したらしいよ」

彼女と仲の良かった子が教えてくれたが、朝の会が始まっても先生からかおるちゃんについて触れられることはなかった。……クラスメイトの転校に一言の説明もないなんてことがあるか？

会が終わった後で、先生に訊ねてみた。

「ごめんね。かおるちゃんのことは先生もよく分からないんだ」

そう言って、不快そうに眉を顰められた。

彼女が居なくなったことと「シドーサン」に何か関係があるのかは、分からずじまいだそうだ。

「もちろん、かおるちゃんはただあの日、転校が決まって動揺していて、それで急に感情が高ぶって泣き出しちゃっただけ……そういうことなのかもしれないです」

ただ、考えちゃうんですよね。中井さんは言う。

「あの変な儀式をうまくこなせなくて失敗したのは、彼女でなく自分だったかもしれないし、その時は消えたのも自分だったんじゃないかって」

次の年の一学期の終業式の日に中井さんは家庭科室を覗きに行ってみたが、誰もいなかったそうだ。

あるビルの夜想曲

フリーの編集者をしている円居さんは、独立したばかりの数年前に一時的ながら、家賃の払いにも困るほどの手元不如意に陥ったことがあるそうだ。

携わっていた大きな案件に絡む出費がかさんでいたところに、仕事先の不手際による編集費の支払い遅延が重なったためという。とはいえ、二か月ほど耐えれば状況は好転する見通しだった。

だから急場をしのぐために、何か日雇いで日払いのアルバイトを探すことにした。

ネットで調べてまず見つかるのは工事現場での資材運びや倉庫の仕分けといった肉体労働だが、ひょろひょろの文化系で、いわゆるガテン系の人たちに対する苦手意識もあった円居さんとしては気乗りしなかった。

次いでよく出てくるのが、夜勤の警備員のバイトだ。こちらならそれほど体力も要らなそうだし、詳細を見ると現場には一人で派遣されるケースが多く、毎回場所も異なるようで人間関係で苦労することもなさそうに思えた。

これだ、と円居さんは飛びついて、さっそく目についた池袋の派遣会社のホームページで登録と面談を予約した。

「ああー……そういう条件だと、ちょっと難しいかもしれないですね」

対応してくれた派遣会社の女性は、手許のボールペンをカチカチ鳴らしながら困ったように言った。気まずい沈黙。応接スペースのパーティションの向こうで絶え間なく鳴っている電話の音が、円居さんの心に虚しく響いた。

すぐにお金が欲しくて、働ける期間は二か月ほどという円居さんの要望は、少々虫が良すぎるものだったらしい。

「どうしても、住民票などを取ってもらってこちらで本登録する身分証明の手続きですとか、健康診断を受けてもらったり、実務に向けた社内研修を三日ほどやってもらったり、そういった諸々のお手続きが全部終わって現場に出ていただくまでには、まずどうしても二週間から三週間はかかってしまうんですね」「それから、個々人に合わせて制服を発注して貸与することになりますから、最初にその保証金をお預かりする決まりにもなってしまって。初期費用がけっこうかかっちゃうんですよね」「ですから、長くやっていただくならともかく二か月以内ということになっちゃうと、率直に申し上げておすすめはしづらいかなと……」

女性に諭すように説明され、円居さんはすっかりしょげ返ってしまった。

気落ちした様子があまりに哀れに見えたのかもしれない。

「ちょっと待っててくださいね」

女性はオフィスの方に戻って、分厚いパイプファイルを持ってきた。

「本来だと、もう何度か弊社通じて仕事していただいている方にご案内しているお仕事なんですが。継続じゃなくて単発でも大丈夫ですか？」

「あっ、は、はい！　もちろんです」

円居さんはすがるように言った。

女性はファイルをめくりながら、

「先ほど申しました身分証明書や健康診断が必要になるというのは、いわゆる警備業法に則った一般的な警備のお仕事でして。そうでない、個々の雇用主さんとそれぞれの裁量で業務委託として契約いただくお仕事に関しては、お話し合い次第ではすぐに就業ということも可能かと思います。たとえば……こちらなんですが」

休業しているビルの夜間警備。日曜日の夜二十時から翌朝九時まで。単発（最大五回まで更新の可能性あり）。日給五万円。退勤時に現金払い。

「ぜひ紹介してください」

ネットで見た他の案件と比べても破格の給料だった。円居さんは即答した。

案内されたメールアドレスに履歴書を送ると、翌日すぐに電話がかかってきた。

『採用になりましたので、来週の日曜、七時くらいに来てください。詳しくはメールで送りますね』

面接すらなかったそうだ。

後で来たメールも、型通りの挨拶とビルの住所が貼られ「服装自由。契約書を交わしますので印鑑だけお持ちください。待機が長いお仕事なので、暇つぶしになるものがあったら良いかもしれません」と、電話してきた担当者個人の名前とともに付記されただけの簡素なもので、詳細な業務内容も、雇用主が何者なのかも不透明だった。

多摩エリアのある大きな駅から歩いて十五分ほど、繁華街とマンションの立ち並ぶ住宅地のちょうど境界になっている交差点にその四階建てのビルはあった。

書類には「休業」中とあったが、再開の可能性はあるのだろうか……と感じたという。コンクリートの外壁はあちこちひび割れて黒ずみ、いくつかの窓は破れて内側から板が打ち付けられている。三階の一角に灯りがともっているのに気づかなければ、廃墟にしか見えなかった。

故障と貼り紙がされたエレベーターに舌打ちして、息を切らせて急な階段を上る。

出迎えてくれた、青崎と名乗った担当者氏は、柔和な笑みを浮かべたスーツ姿の小柄な男性だった。

三階フロアは四部屋に分けられているらしく、階段とトイレ、エレベーターホールに面してL字型に廊下が続き、ドアが並んでいた。

階段から一番近い部屋が待機場所だった。元はどこかの会社がオフィスに使っていたのだろうが、二十坪ほどのスペースにはソファとテーブル、それに簡易なパイプベッドが置かれているだけでガランとしている。

「警備のお仕事と説明されたかと思いますが、厳密にはちょっと違いまして」

青崎氏はわざとらしく頭を掻いてみせる。

「この建物のオーナーが少し変わった信仰をお持ちの方で、儀式というか……ちょっとしたおまじないのようなことをここでやってるんです。それが、誰かが夜通し見てないとならないものだから、こうして人を雇い入れている次第でして」

「おまじない、ですか」

宗教絡みか。

少々、抵抗感を覚えはしたが、特殊な事情ゆえに高給なのだろうと納得もした。何か本業に役立つ話の種になるかもしれない。

「実際に見て、説明を聞いてもらった方が早いですね」

青崎氏の先導で、円居さんは隣の部屋に通された。

灯りをつける。広さはほぼ待機部屋と同じで、こちらには中央にダイニングテーブルと椅子が四脚のセットが並んでいた。奇妙だったのはそれぞれの椅子に、何かで中身がパンパンに詰まった黒いゴミ袋が置いてあったことで、まるで「ゴミの家族が食卓を囲んでいるみたい」だったという。

そして床にずいぶん旧式なオーディオコンポが、いわゆる「ラジカセ」というやつが並んで二つ、置いてあった。

黒いゴミ袋もラジカセも、その頃には既にほとんど見かけなくなっていたものだ。

青崎氏が一方のラジカセの再生ボタンを押す。

かなりの音量で流れてきたのは民謡らしき歌だった。くぐもっていて歌詞は一切聞き取れないほど不鮮明だが、祭囃子を思わせる伴奏に、独特の節回し……「××音頭」と名付けられるような。

「九時までにこのテープを流し始めます。両面で一五〇分、収録されているので、テープが終わりそうになったら、」

もう片方のラジカセを再生する。同じ曲が流れ始めた。

そちらはすぐに止め、青崎氏は説明を続ける。

「もう一台の方を起動して、再生が終わった方のラジカセは巻き戻してください。これを交互に繰り返して、朝まで決して歌が途切れないようにしてほしいのです。万一の停電に備えてひとつは電池式になっています。それからもうひとつ、十二時頃に一階に小包が届きますので、受け取って中は開けずにそのままテーブルの上に置いてください」

一晩中この歌が流れ続けていることが「儀式」なのか。何か、夜通し行う祭礼を簡略化したものなのかもしれない。円居さんはそんな風に思ったそうだ。今どき、なぜカセットなのかは分からないが。

「後は寝ていても、何をされていても構いません。ただ、何かあっては大変ですからビルからは出ないでくださいね」

待機部屋に戻って契約書を取り交わし、青崎氏はそう念押しすると帰ってしまった。

——その夜は、特に何も起こらなかったという。

二時間半に一回ラジカセのスイッチを入れ替えて、あとはベッドでゴロゴロしながら持ち込んだ積読本を消化しているだけで給料が発生する、夢のような仕事だった。

〇時になって正面玄関で受け取った小包は、新聞紙で何重かに巻かれた一抱えほどの大きさで、重さと湿り気が伝わる感触、そして嗅いでみるとわずかに血なまぐさいような匂いがしたので、おそらくは肉の塊だったのだろうと円居さんは言う。ローストビーフ用などと称して、「肉のハ〇マサ」のような専門店で売られている一本五キロのブロック肉、あれを想像したそうだ。

時間になって下に降りたら、いつから待っていたのか真っ暗な玄関に、作業服姿のアフリカンの男性が小包を抱えてぬっ、と立っていたのは少し驚いた。だが「お疲れ様です」と声をかけると、愛想良くニコリと笑ってくれたので悪い人ではなさそうだった。

日本語が不得手なのかシャイなのか、無言で包みを渡して男性は出て行ってしまう。ずっしりと重い肉塊らしきものを両手に三階に戻り、ゴミ袋が囲む食卓に供えた。

青崎氏は朝の八時半過ぎに戻ってきた。

「特に問題はなかったようですね。お疲れ様でした」

日給の封筒を手渡され、今後も勤務可能かと訊ねられた。円居さんは喜んで、と答え、とりあえず翌月末までという約束になった。


それは三回目の勤務の晩だった。

無口なアフリカンの彼から小包を受け取った円居さんが、儀式の部屋に戻る途中。頭上の三階フロアの灯りが、フッと消えた。あ、と思って駆け上がる。非常口のライトすら落ちてしまっている。停電だ。

間の悪いことに、コンセント電源の方のラジカセが動いているタイミングだった。停電時には電池式のラジカセに切り替えて歌が途切れないようにしなければならない。溜息を一つついて、円居さんは「儀式」の部屋に急ぐ。

小包をテーブルに置いてスマートフォンのライトで真っ暗な室内を照らす。電池式のラジカセの再生ボタンを押したが、なぜか起動しない。

「……電池切れかよ」

予備の電池がどこかにあるのかも分からないので、とりあえず青崎氏に電話して指示を仰ぐことにした。

なかなか出ない。コール音が続く。

その時。

ぼすっ。ぼすっ。

背後の闇の中から、何か物音が聞こえた。

軽い音だ。紙ゴミがいっぱいに詰まったゴミ袋を蹴っているような。

……ゴミ袋？

ぼす。ぼす。ぼす。ぼす。ぼす。

スマートフォンを耳に当てたまま振り返る。暗がりにも目が慣れてきていた。円居さんは絶句した。

見間違いでなければ。

四つのゴミ袋が椅子の上で、身をよじるように何度も飛び跳ねていたという。

『どうしました円居さん？』

やっとつながった。

「えっとあの、」

混乱していた。ゴミ袋のことを伝えるべきか？　それとも？

「……今、停電になって。それで、電池の方のラジカセも動かなくなっちゃってて」

電話口で青崎氏が息を呑んだのを感じた。一拍の間。

『どれくらい、歌は中断していますか？』

「た、たぶん一分くらい……」

『そのスマホをスピーカーモードにして、音量をできる限り上げてください。スマホを部屋に置いて、すぐにビルから出てください。あとはこちらで対処します』

有無を言わせぬ強い語調に、円居さんはたじろいだ。言われるままにスピーカーに切り替えたスマートフォンを床に置く。

青崎氏の歌う声が響いた。カセットテープと同じ歌だ。

その時初めて、円居さんは歌詞を聞き取ることができたそうだ。

ゴミ袋が跳ねる音はまだ続いていた。それに加えて、紙をめちゃくちゃに裂く音も。肉を包む新聞紙が乱暴に破られているのだ。

何に？　知るか。

闇に目を背け、円居さんは部屋を飛び出した。

翌日、差出人の名前がなく切手も貼られていない封筒がアパートの郵便受けに突っ込まれていた。

中には、何があったのか画面はヒビだらけでフレームの歪んだ、完全に破壊されたスマートフォンと、それを最新機種に買い換えても十万円以上残る大金が、一掴みほどの塩と一緒に入っていたそうだ。


青崎氏に電話してもつながらず、派遣会社にも問い合わせてみたが、

『その仕事を紹介した職員が退職しているもので、詳細はこちらでも分からない』

という返事だった。


誰か、自分の後任者がいるのではと思って翌週の日曜の夜、ビルも見に行ったという。だが、正面玄関と三階フロアのすべての窓がベニヤ板で封鎖されていて、人の気配はなかったらしい。


その部屋には何かが棲んでいて、それを鎮めるための歌だったたってことですかね——筆者が言うと、円居さんは首を傾げる。

「そうじゃない気もするんだよね。歌詞を聞いたらさ」

彼が聞き取ったという歌詞については、円居さんはなぜか最後まで教えてくれなかった。

子豚の末路

小学校のクラスで一年がかりで食用の豚を飼育して、最後は「食べるか食べないか」を学級会で決める――そんな「いのちの授業」がかつて話題になったのを覚えている読者は多いだろう。映画にもなり賛否両論を呼んだその授業が、考案者によって最初に行われたのはもう三十年以上前のことだ。

今でも、一部には豚や鶏を育てる授業をカリキュラムに取り入れている学校がある一方、「畜産業の実態とは乖離しており、ペットと家畜の区別が難しい年代の児童にはただショックを与えるだけなのでは」と、批判や効果を疑問視する声も根強い。

松本さんが通っていた小学校でも、彼女が六年生の時に地域のテストケースに選ばれて子豚を飼うことになった。学年全員で校舎裏に小屋を作るところから始まり、班を決めて休日も含めた当番制で世話をした。

前年に「いのちの授業」を担当した他校の先生や、地元の養豚農家さんが定期的に学校に来てくれて、感染症対策などの飼育にあたっての注意点のみならず、「いのちを育て、食べること」についてどう捉えるべきかというメンタル面のケアなどかなり親身に指導してくれたそうだ。

「ぷーちゃん」と名付けられた子豚は人懐っこい性格で、世話をしていると甘えて鼻を擦り付けてくるのがなんとも愛らしく、子どもたちはみんな夢中になっていた。だから、一月になっておこなった「ぷーちゃんを食べるか」の投票では、学年の大半で「食べずに学校で飼う」に票を入れようと示し合わせていたそうだ。にもかかわらず結果は「食べる」になったので、当時の松本さんは先生方によるヤラセを疑い、恨んだという。

ぷーちゃんは地域の処理センターに委託して食肉化され、給食で全学年に振舞われた。前の四時間目には全校集会が開かれ、六年生の各世話係班長が前に立ってぷーちゃんの世話をした感想や、「命の大切さ」について喋らされた。「ぷーちゃんを食べたくない」と欠席した子や、感極まって泣いてしまう子も何人もいたという。

薄切りのポークピカタになったぷーちゃんは、複雑な思いとともに口に運ぶと拍子抜けするほど「いつもの、ただの豚肉の味」で、なんだか空しくなったと松本さんは言う。

その日は友達と遊ぶ気にもなれず（みんなそうだったようだ）、ひとり家に帰った。

夕刊を取ってくるよう母に言われ玄関のポストを覗くと、黒いＶＨＳテープが突っ込んであった。なんだろうと手に取り、驚いた。背面のラベルシールに、手書きで松本さんのフルネームが書いてあった。

母に見せると「なんだろうね、気持ち悪い」と言われ、そのまま台所のゴミ箱に捨てられた。アダルトビデオの類を子供に見せようとする、痴漢めいたイタズラだとでも思ったのかもしれない。

その晩、担任から電話があった。お宅にビデオテープが届いていませんかと。

担任と一緒にやって来た警察官が、テープを持っていった。玄関先で母と担任が話しているのを聞いていると、六年生の何人かの家にこれと同じようなテープが投函されていたらしい。収録されていたのは「犯罪的で、とても子供には見せられないような内容」であったといい、松本さんが視聴していないと聞いて担任は安堵した様子だった。

翌朝、投稿すると教室はテープの話でもちきりだった。回収される前に中身を見たという男の子が、輪の中心で得意になってその内容を語っていた。

どこかの廃墟で撮影されたらしい。

床も壁も、コンクリートが剥き出しであちこちにヒビや崩れたところのある、広くて殺風景な部屋。床には金属バットが転がしてある。

三脚を立てているようでカメラは固定で、画角を調整している男の顔のアップから動画は始まる。

薄汚れたタンクトップを着た、ガリガリに痩せた若い男だ。男はカメラに向かって一礼すると、妙にやさしい声でこう言う。

「ぷーちゃんをおいしく食べるための、最後の一工夫を教えてあげるね」

男の姿は画面から外れ、そして胴をロープで縛られた豚を引っ張ってくる。

男は金属バットを掴むと思いっきり振りかぶり——豚の背中に打ち下ろした。

鈍い音がして、豚は悲痛な叫び声を上げる。男はカメラを振り返る。

「動物は、痛いと感じれば感じるほど、怖いと思えば思うほど、ゴウが（業、だろうか？）、除かれて、おいしく、なります」

言いながら、男は豚を打ち据える。苦しげな豚の呻き声。痣ができ、皮膚が破れて血が溢れ、悲鳴さえ上げられなくなって豚がぐったりと横たわるまで、男は何度も何度もバットを振り下ろし続ける。そして唐突に動画は途切れ、終わる。


もちろん、その時の男の子はこんなに整然と語ってはいない。話が前後したり不明瞭なところも多い、拙い説明だった。それでも「見なくて良かった」と心から思ったし、目を輝かせて夢中で喋っているその子に嫌悪感も覚えた。

のちに学年集会が開かれ、動画に映っていた豚はぷーちゃんではなく、作り物を使った悪質なイタズラだと説明された。ダビングされたテープが判明しているだけで十人の自宅に届いていたようだが、クラスも飼育班もバラバラで、なぜその十人が選ばれたのかは分からないという。ずっと「いのちの授業」に関わっていた農家さんが来ていて、「私たち養豚農家も、処理センターの人たちも豚をいじめるようなことは絶対にしていません」と涙ながらに訴えていたのが気の毒だったそうだ。

その後、テープの件の続報が語られることはないまま、松本さんたちは小学校を卒業した。


それから十年以上経ったある日のことだ。

あの小学六年の年にクラスメイトだったKさんからメールが届いた。正確に言えば、学年のメーリングリストへの一斉送信だった。

二年前に同窓会の出欠確認と連絡のために作成され、それきりほとんど動いていなかったメーリングリストだったので、なんだろうかと意外に思って開いた。

本文には、動画共有サイトのURLが記載されていた。

……松本さんは、アクセスしたことを後悔した。

『ぷーちゃんをおいしく食べるための、最後の一工夫を教えてあげるね』

間違いなく、あのテープの映像だと分かった。

松本さんは、同窓会で交換していたKさんの携帯番号に電話をかけた。

『あはは、動画、見てくれた？』

酔っているのか、妙にへらへらした口調だった。

『実はさぁ、先生も親にも言わなかったんだけど、私の家にも届いてたんだぁ、あのビデオ』

「何考えてるの？　なんのつもりであんなのみんなに送ってよこしたの？」

詰問しても、聞こえていないかのようにKさんは勝手に話し続ける。

『ほら、うちって親が遅くまで帰ってこないからさぁ。一人で見ちゃったんだよ。先生はニセモノだって言ってたけど、それこそ嘘だね。見たら分かったでしょ？　あの豚、間違いなく死んでたもん』

「ねえ、ちゃんと聞いてよ。なんであんなことしたかって訊いてるの」

『殴られるたびにさぁ、豚がぴーっ！　ぴーっ！　って哀れっぽく鳴くのを聞いててさ、私なんか……気持ち良くなっちゃってさぁ』

過呼吸の発作に似た、ひっ、ひっ、と引き攣った笑い声が電話の向こうから漏れ聞こえる。

『大人に言ったら取り上げられると思って、ずっと言わなかったんだぁ。ずっと大事に持ってたの。何度も、何度も見たかったから。ねえ、あんたはどう思った？』

「こっちの質問に答えてよ」

松本さんが言い募ると、少しの沈黙の後、一言だけ残して電話は切れた。

『あんたは仲間じゃないみたいだね』

深追いはしなかった。Ｋさんがあの動画をみんなに見せることで、どんな「仲間」を探そうとしたのか。分かるような気がするだけに、確信したくなかったと松本さんは言う。

「それからほどなくしてＫちゃん、同級生と結婚したらしいんですよね。友達からのまた聞きなんですが……」

相手は十数年前のあの日、教室で楽しげにテープのことを話していた男の子だそうだ。

カニバリズム小論

――お口直し③

ある男が、とある海の見えるレストランで「ウミガメのスープ」を注文した――

前章では「肉にまつわる怪談」を紹介しました。怖い話で「肉を食べる」といえば人肉食です。ハンニバル・レクターやスウィーニー・トッドの物語、あるいはアルバート・フィッシュのような実在の凶悪犯罪者の逸話……カニバリズムはホラーの定番の題材のひとつです。

レクター博士のように嗜好として人肉を食らうケースとも、またたとえば『アンデスの聖餐』事件がそうであったような非常時の緊急避難としての人肉食とも異なる、文化・習俗としてのカニバリズムの記録は世界中に存在します。

日本においても近年まで、火葬後の遺骨を近親者が分け合って食べる「骨噛み」の風習が残っていた地域があるそうで、遺体を体内に取り込むという意味で文化的カニバリズムの一例といえるでしょう。

被食の対象になったのは、多くは尊敬を集めていた有力者であったり、長寿を全うした死者であったそうで、「遺体を食すことで、死者の能力や生命力を取り込み継承することができる」という思想が根底にあります。

遺体を自身に取り込んで死者のスピリットを受け継ぐという考え方は、たとえばアメリカ大陸の先住民による儀礼的カニバリズムとも共通しています。ブラジルのいくつかの部族で行われてきたという、戦闘で捕虜とした敵対部族の戦士を殺害し食する儀式は、単に仇敵への復讐や征服のシンボルというだけでなく、相手の勇敢さと強靭さを自分たちの体内に取り込むという意味合いが重要だったそうです。いわば、敬意と賞賛に基づいたカニバリズムです。このような思想は、文化圏を越えたアーキタイプとも言うべき人肉食の捉え方なのでしょう。

また、こうした継承としての人肉食と思想的に隣接した、あるいは拡大解釈され発展したものとして「医療としてのカニバリズム」もありました。

先述の骨噛みの風習にも、たとえば「地域で賢い人だと尊敬されていた故人にあやかるために脳を食べた」「人灰は万病に効くと教えられた」といった証言が残っており、薬のように扱われていたケースも少なくないようです。

こうした医療的カニバリズムは、古代中国においては一種の薬学として体系化され、そして実行されていたといいます。あるいは日本の骨噛みの「医療」の側面も、中国医学の伝来に付随して広まったものなのかもしれません。

唐代にはあらゆる難病が、人の太ももの肉を食べ、あるいは肝臓を食し生き血を飲めば回復すると信じられていて、同時代の薬学書『本草拾遺』にも記載があったそうです。これは中国古来の「体の一部分が悪いときは、同じ部分を食せば好くなる」という素朴な「同物同治」の考え方に由来するもののようですが、それが流行し、あるいは民間で推奨されたのには儒教の影響がありました。

儒教の「孝」の重視から、当時は父母もしくは夫が病気にかかると、子あるいは妻はどんな代償を払ってもその治癒に努めなければならないとされていました。歴史書『新唐書』には、難病の親のために自身の太ももの肉を切り取って与えた「孝子」の名が記録され、彼らは政府から表彰されたといいます。

こうした「孝」としての人肉食には、反面アリバイ作りという意味合いもあったと指摘されています。

どんなに手を尽くしても治らない病気はあり、死んでしまう人はいます。医療技術が未熟だった古代ではなおさらです。しかしそれでも、子や妻は「お前が不孝であったためだ」と非難されてしまうわけです。それを回避するために、分かりやすく「ここまで手を尽くしたのだ」と周囲にアピールする記号として、自らの肉を与えるという行為に及んだのだろうというのです。夫に先立たれた妻は忠節のために自殺しろとまで言われた時代ですから、あながち穿ちすぎとも言えないでしょう。
まさに「肉を切らせて骨を断つ」と言いますか、凄まじい話ですね。

【参考文献】
「現代日本の食屍習俗について」近藤雅樹／『国立民族学博物館研究報告36』所収
「医療としての食人：日本と中国の比較」吉岡郁夫／『比較民俗研究（5）』所収
日本ブラジル中央協会ＷＥＢサイト内コラムより「ブラジルの食人風習（Antropofagia）を識る【後編】」
田所清克　https://nipo-brasil.org/archives/11468/　（二〇二四年七月一五日閲覧）

デセール

甘味にまつわる奇譚

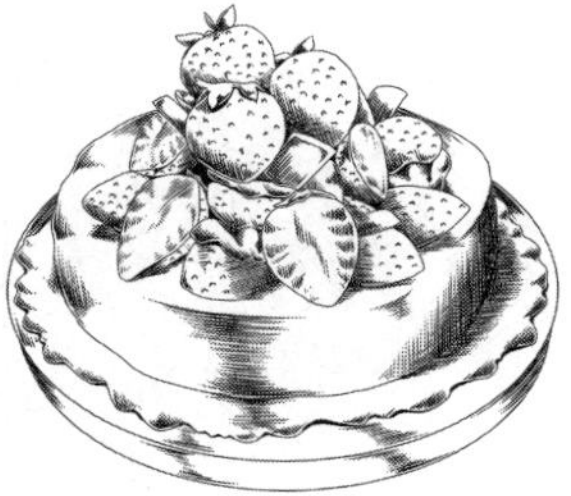

叶ったら開けてね

小説家の水上さんには、忘れがたいプレゼントがあるという。

十数年前、水上さんの作品がある文学賞の候補になった時のことだ。中堅作家の登竜門と言われる賞で、水上さんにとっても念願のノミネートだった。

結果発表を翌週に控えたその日。地元の書店でサイン会をしていた水上さんは、高校生くらいの女の子に白い封筒を差し出された。髪をツインテールにして眼鏡をかけた、真面目そうな可愛らしい子だった。

「これ、叶ったら開けてくださいね」

にっこりと笑ってそう言い添え、女の子は本を買わずに列を抜けた。

隣でサインの準備をしていた担当編集と顔を見合わせる。

「叶ったら、って何が？」と背中に向かって訊ねたが、そのまま行ってしまったという。

変なの……とは思ったが、まぁファンレターなのだろう、と持って帰って自宅で開けてみた。

中には写真が一葉入っていた。

ショートケーキの上に、火のついたロウソクが突き刺さった写真。

バースデーケーキに刺すようなカラフルなものではなく、仏壇に供える白くて太いロウソクだ。重みのせいか、やや傾いてしまっている。

なんだよこれ。

歪なものを感じる写真だった。

渡された時の言葉も思い出し、何かのおまじないかと想像した。気味が悪かったが、なんとなく捨てるのも悪いような気がして仕事部屋のデスクの引き出しにしまい込んだ。

数日後、担当編集からの電話で文学賞の落選を知った水上さんは、ちらりと「叶ったら、ってこれのことだったのかな」と思ったという。女の子の言いつけを破ってすぐに封筒を開けてしまったから、賞を獲れなかったのではないかと。


作家仲間たちが開いてくれた残念会の席で、水上さんはロウソクの写真の話を持ち出した。ホラー作家はいないがオカルトっぽい話は好きというメンバーだったので、面白がってもらえると思った。すると、先輩のUさんが膝を乗り出して、

「それ、俺ももらったことあるよ。おさげにした眼鏡の女の子じゃなかった？」

Uさんの場合は、本業の仕事帰りに急に、バスの中で声をかけられて渡されたのだという。彼もその時はある賞の候補になっていて——Uさんは女の子がバスを降りたのを見送るとすぐに中を開けて、そのせいか彼も落選したという。

Uさんもなんとなく写真を捨てることができず、たぶんまだ書斎のどこかにあるはずだと言っていた。

「でも、俺がノミネートされたのって六年前だからな……あの時もその子、高校生くらいに見えたんだけど」

「じゃあ、謎の『写真手渡しツインテ女』が都内に複数いるってことですか？」

別の作家がまぜっかえして、まだ大きな受賞歴のない若手が俺もその写真欲しいなぁ……と呻いて笑いになった。それで、話は終わった。

写真のことも、いつしか忘れてしまっていた。


数年経って、水上さんの小説が再びくだんの賞にノミネートされた。

今度はめでたく受賞と相成り、そこで水上さんはふと、あのロウソクの写真を思い出した。懇意にしている雑誌から受賞記念のエッセイを求められていた。「前に受賞を逃した時の話」としてネタになるんじゃないかと思って、デスクの引き出しを探した。

見つけた封筒から写真を取り出して、水上さんは驚いた。

写真が変わっていた。

ケーキの上のロウソクが半分ほどの長さになって、火が消えていたというのだ。

水上さんは独り暮らしで、これまで仕事部屋に人を上げたことはなかった。入れ替えられたとは思えない。

あの後も写真の中でロウソクは燃え続けていて、受賞の悲願が「叶った」から火が消えたんだろうか。

お誕生日を迎えてロウソクの火を吹き消すように。

水上さんはそんな風に思った。


「それで終われば単なるちょっと不思議な話——なんですけどね」

水上さんはこの後日談を、誰にも話したことがなかったそうだ。

というのも。

あの残念会から少ししてUさんは体調を崩し、そのまま末期の大病だったことが分かって半年も待たずに亡くなってしまった。

その後で、彼の自宅が火事を出した。ニュースにもならない程度のボヤで収まったというのだが、それでもUさんの書斎だった部屋はほとんど焼け落ちたらしい。

水上さんは想像するのだ。

Uさんは結局、賞を獲ることができずにこの世を去った。

彼のロウソクの火は消えないまま、とうとう写真の外まで燃え広がってしまったんじゃないかと。

プリンセス来たる

日曜の昼下がり、森川さんがアパートの部屋でゴロゴロしているとインターホンが鳴った。

ドアスコープを覗きに行く。ピンク色のスーツに身を包んで胸元にヒマワリを挿した上品な中年女性が、小学校低学年くらいの男の子と並んで立っている。男の子の方もブレザーを着てネクタイを締めていて、「入学式帰りの親子」といった感じだった。九月の半ばのことだというから時期外れだが。

絵本のキャラクターがピクニックに持っていくような籐のバスケットを、小脇に携えているのが見えた。

「近くに越してきたものですから、ご挨拶にと存じまして」

森川さんが玄関先に立ったのを察知されたのか、こちらが誰何するより先に女性がドア越しに言った。アナウンサーのような、良く通るハキハキした声だったという。

金持ちそうに見えるから、この安アパートの住人ではないだろう。どこの誰か知らないがご苦労なことだ……なんて思いながら錠を開けると、びっくりするほど強い力で外からドアを引かれ、森川さんはよろめいた。

対面して驚いた。スコープ越しだと気づかなかったが、かなり背の高い女性だ。百八十センチ以上あるんじゃないだろうか。

「ど、どうも……」

森川さんが作り笑いを浮かべると、女性は芝居がかった仕草で胸元に手を当て、一礼する。

「お初にお目にかかります。わたくし、キラメキの国から参りましたセント・サンライトプリンセスと申しますの。こちらは右大臣」

流れるように、男の子に手をかざす。右大臣と紹介された男の子は、無言のままこちらを睨むように見上げている。

なんだなんだ。森川さんは呆気に取られた。

女性は夢見るような口調でつらつらと続ける。

「わたくし、紅観音様《ベニカンノン》のお導きでこの病んだ人世を悪しき苦界の輪廻から解放して皆さまの心にハッピーハッピーの花を咲かせるために降臨しましたの」

ああ、強めのマイ信仰をお持ちの方だ。

森川さんは軽率にドアを開けたことを後悔した。

セント・サンライトプリンセスはバスケットの中に手を突っ込み、四角いパイ包みのようなものを取り出した。

「出逢えたトキメキに感謝して、分かち合いましょう!」

そう高らかに宣言してプリンセスは森川さんの目の前で、パイを半分ほどまで一口で食いちぎった。

森川さんはぎょっとした。プリンセスの唇から、何本もの長い黒髪が糸を引くようにだらりと垂れ下がっていたからだ。パイの中に包み込んであったらしい。

「さあ、お口を開きなさい!」

ずるりと髪の毛を飲み下して、プリンセスは歯型のついたパイを森川さんの口に押し付けようとした。「ちょっと!」慌ててその手首を掴んだが、やはりとんでもない馬鹿力だ。じりじりと押し負け、顔をそらした頬にぬちゃっ……、とパイが押し当てられる。

右大臣が急に声を発したのは、その時だった。

「十月×日に池袋に行くな」

プリンセスの力がふっ、と抜け、森川さんも虚を突かれて右大臣の方を見た。

右大臣はこちらを指さし、もう一度繰り返した。幼い外見に似つかわしくない、妙に低い声だった。

「十月×日に池袋に行くな」

「あらあらあら!」

プリンセスが歓喜の声を上げる。

「この子が予言をしたのは初めてですわ！　あなた、祝福されてらっしゃるのね！」

そう言って、パイをその場に叩きつけるように捨てるとこれ見よがしに踏みにじった。ベリー系のジャムだったのか、髪の毛と一緒に入っていた赤黒いどろどろしたものが外廊下のコンクリートに擦られる。

「だったら大丈夫。その心の花、これからも大切になさってくださいね」

そう言ってまた優雅に一礼すると、プリンセスは右大臣の手を引いて行ってしまった。即座に玄関を閉めて鍵とチェーンロックをして、森川さんはその場にへたり込んだ。


それから数日間はさすがに警戒して、振り回せば武器になると思って晴れの日も傘を持って出かけるようにしていたそうだが、その後、セント・サンライトプリンセスと右大臣が森川さんの前に現れることはなかった。

一週間が経ち、二週間が過ぎ……、恐怖も薄れた中でそれでもひとつだけ、気にかかったのが右大臣の言葉だった。

十月×日には確かに、当時の緊急事態宣言が明けるのを見越した大学時代の先輩との飲みで、池袋に行く予定が入っていたのだ。その日、池袋で何があるというのか。

ただ、気になりはしたが、あんな妙な奴らの「予言」を真に受けて予定を変えるのも癪だ。森川さんは忘れることにしたという。

アパートの玄関に貼り紙がされていたのはその頃だった。帰宅すると、自分の部屋だけでなく、同じ階のすべてのドアに何か紙が貼られている。

管理会社からのお知らせの類かと思ったが、ガムテープでべったりと四方を固定された「それ」には、写真が一枚、貼り付けられて、定規を当てたような角ばった字で『この人たちは引っ越してきていません。ここにはいません。みんなで信じてください』と手書きしてあった。かなり遠くからズームして撮影したのだろうぼやけた写真だったが、それでも写っているのがプリンセスと右大臣であることは一目で分かったそうだ。

結局、彼は十月×日に池袋には行けなかった。朝から高熱が出て受診した結果、新型コロナに感染していることが分かったからだ。

リスケジュールをお願いし、体調を気遣う返信をもらってから半日以上経った翌日の昼頃になって、先輩からＬＩＮＥでメッセージが届いた。

『予約してた店のあたりだよ　行ってたら巻き込まれてたかも』

ニュースサイトのＵＲＬが添付されていた。池袋の飲食店でカセットボンベが原因と思われる爆発事故があり、通行人が負傷したという内容だった。

「もちろん信じちゃいませんよ、予言なんて」

ニュースサイトを開いたスマホをしまって、森川さんは言う。

「池袋なんて大きな街ですからね。毎日、大なり小なり事件は起きてるでしょう。たまたま適当に挙げた日付が、僕の予定と合致しただけ」

ただ——森川さんは言い淀み、氷が半ば溶けたアイスカフェラテを飲み切る。

「今でも時々、あの男の子の夢を見ることがあるんですよ。玄関を開けたらあの子が立ってて、僕を指さして『何月何日に、どこそこに行くな』って告げるんです」

池袋の時と同じように、それは毎回、確かに森川さんが行く予定の場所なのだという。

もちろん、従いはしない。こちらも意地になっているんですと森川さんは笑う。何か——財布を落としたり、階段で転んで怪我をしたりといったちょっとした不幸に見舞われることも時々あるが、何も起きない日の方が多い。

「だから偶然なんです。……何ならね、今日ここに行くなとも言われたんですよ、僕」

私たちの後ろを通る時に何かで足を滑らせた客が、森川さんの背中にアイス宇治抹茶ラテをぶっかけることになるのはその二分後のことだった。

味変タクシー

若竹さんは当時、夏に繁忙期を迎える業界に身を置いていたそうで、八月には盆休みもなく毎日、終電で帰宅するのが常だったという。

その夜も自宅の最寄り駅に着いた時には、既に日付が変わっていた。ロータリーに出ると、じっとりと蒸し暑くてうんざりする。汗でシャツがぺたぺたと貼りついて一向に乾かない、湿度の高い熱帯夜である。

明日も早い。今夜はタクシーで帰ろうかな……と頭をよぎった。家賃優先で選んだアパートは、駅から徒歩で二十分近くかかる場所だった。

乗り場に先客はおらず、「空車」になっている黒塗りのタクシーが一台、停まっていた。開いた電動ドアに誘い込まれるように若竹さんは乗り込んだ。

冷房の効いた車内に、まずは人心地つく。

こちらを振り返った運転手は、品の良い白髪のおじいさんだった。自宅の住所を告げると、「かしこまりました」の言葉とともに、コンソールボックスから飴の小袋をつまんで渡してきた。昔ながらの、錐台形をしたべっこう飴だった。

「あ、ありがとうございます」

受け取って、とりあえずシャツのポケットに仕舞おうとすると運転手に止められた。

「すみません。今、ここで舐めてもらえますか？」

若竹さんが戸惑っていると、運転手は続けて、

「いやあ、ここから四、五分の場所だし大丈夫だとは思うんですがね。この時間帯に乗るお客さんにはみんなにお願いしてましして」

申し訳なさそうに頭を掻いている。

乗り物酔いの予防か何かだろうか。よく分からなかったが、疲れている頭でそれ以上、訊ね返す気も起らず若竹さんは言われるまま、包装をやぶって飴を口の中に放った。

別に子供時代に好んで食べていたわけでもないのに何か「懐かしい」と思ってしまう、カラメルや蜂蜜のようなコクを感じる特有の甘みが舌の上に広がる。

「味はいかがですか？」

「あ、いや美味いっすよ」

糖分が疲労に効いていく気がした。

「もし、途中で味が変わるようなことがあったら教えてくださいね」

運転手はそれだけ言って、前に向き直って車を発進させた。

味が変わるってなんだろう？

舐めていると味と色が変わる「占いキャンディ」の類を若竹さんは想像したが、しかし

そんなギミックがあるような飴にも見えなかった。

変な人のタクシーに乗っちゃったかな、と思ったその時だった。

ロータリーを出て大通りを進み、まだ百メートルほどだ。

「うっ……」

若竹さんの口の中に、苦手なサンマのはらわたを思わせる、生臭みを帯びたざらついた苦みが急に広がった。

バックミラー越しに、若竹さんの表情の変化で察したのだろう。運転手は車を路肩に停める。

「変わっちゃいましたか」

気の毒そうな顔をして、ポケットティッシュを手渡してきた。吐き出せということだろう。

「なんですかこれ」

「すみませんお客さん、飴が苦くなったら降りてもらわなきゃならないんです。もちろんお代はいただきませんので」

言いながら、運転手は電動ドアを開ける。丁寧だが、それ以上は何も話したくないといった口調だった。

「いや説明してくださいよ」

「本当に申し訳ないです。弊社の内規でそうなってまして」

もちろんまったく腑には落ちないが、運転手の困り果てたような顔を見ていると、これ以上押し問答しても仕方ないのだろうな……と思えてしまった。

諦めて降車する。重みすら感じる湿った熱気が、クーラーで一瞬冷やされた体にまとわりつく。

溜息をついて、走り去っていくタクシーを見送る。

若竹さんはゾッとした。

リアウインドウ越しに——今自分が降りたばかりの、つまり無人のはずの後部座席に誰かの後頭部が四つ、ぎゅうぎゅうに詰まって並んでいるのが見えたからだ。

赤い綿あめ

小学四年の夏休みだったという。

桐野さんは、親友のRちゃんと誘い合って町内会の夏祭りに出かけた。公民館の駐車場に十軒ばかり屋台のテントを張って、近所のおじさんおばさんが売り子をつとめるささやかなお祭り。それでも小学生にとっては夏の一大イベントだ。

母にお小遣いとして百円玉を十枚入れてもらった巾着袋を首から下げて、Rちゃんと手をつないでまずは出店を一周する。

焼きそば、たこ焼き、お好み焼き。定番のメニューが揃い、ソースの焦げる香ばしい匂いが鼻腔をくすぐる。顔は知っている低学年の男の子たちが射的のコーナーに集まっていた。誰かが最高得点を出して大きな水鉄砲をもらったらしい。眺めているだけでわくわくする。

ふと、Rちゃんが立ち止まって一軒の屋台を指さした。

「ねえ、わたし綿あめほしい」

人気のアニメキャラが印刷されてパンパンに膨らんだ袋がずらっと並ぶ綿あめの屋台は、お祭りでもひときわ賑やかな一角だ。

綿あめをつくっていたのはO沢のおじさんだった。小五の息子さんがいて、Rちゃんと同じ卓球の少年団に入っている。

桐野さんたちが見ているのに気づいたO沢さんは、にっこり笑って声をかけてきた。

「出来たてをつくってあげようか。好きな袋に入れてあげるよ」

つくりたての綿あめなんて食べたことがなかったから、ふたりは大喜びで屋台に駆け寄った。

大きな金盥のような機械に割り箸を挿し入れ、ぐるぐると回して綿あめを膨らませていく。

モヤモヤした糸のようなものが巻き取られて、白いふわふわを形作っていく様子は見ていて飽きなかった。O沢さんは、子供の頭ほどの大きさの綿あめをこしらえて桐野さんに渡してくれた。

頬張ると、まだ熱く湿度を帯びた砂糖の繊維が口の中で滑らかに溶けた。

「おいしい！」

桐野さんの顔を、Rちゃんは目を輝かせて見ていた。O沢さんは優しく言う。

「次はRちゃんの番だね」

先ほどと同じように、ザラメをセットした綿あめ機が起動する。

そして異変は起こった。O沢さんが割り箸を挿して円を描くように回転させると。

割り箸に巻き付く砂糖の糸が、ほのかにピンク色を帯びていた。

今でこそ着色したザラメでつくるカラフルな綿あめは珍しくないが、当時は色付きの綿あめなんて見たことなかったそうで桐野さんは驚いた。最初は「Rちゃんだけ特別なのを作ってもらってる！　ズルい！」なんて思っていたという。

だが、仰ぎ見たO沢さんが困惑の表情を浮かべているのに気づき、桐野さんもこれが何か予期せぬ異常らしいと理解した。

……ピンクじゃない。機械から吐き出される糸はどんどん赤みを増していく。

O沢さんが手を止めた時には、割り箸と手の甲に絡みついた綿は、血が染みたような深紅に見えたという。

「……悪いね、故障しちゃったみたいだ」

真っ赤な綿あめを足もとのゴミ箱に放って、O沢さんは気味悪そうに吐き捨てた。

お詫びだと言われて、大好きな『おジャ魔女どれみ』のパッケージの綿あめを二つももらったRちゃんはご機嫌な様子だったが、桐野さんの心には何とも言えない厭な後味が残った。自分の白い綿あめも、気づけばざらついて砂みたいな味に感じたという。

Rちゃんが亡くなったのは、その年の冬だった。

「大人になって振り返ればたぶん、機械の内部の赤錆が浮いてきちゃったとか、そんな何でもないことだとは思うんですが……」

彼女と、そうあの祭りの夜を振り返ることができたら気も晴れただろう。桐野さんは悲しげに笑う。

交通事故だった。それも、O沢さんが運転する車で。

少年団の遠征があり、O沢さんが子供たちの送り迎えを買って出たその帰り道。ハンドル操作を誤っての自損事故で、O沢さんも助からなかったという。幸いにも、同乗していた他の子たちは軽傷で済んだそうだ。

あの、血の色をした綿あめはサインだったんじゃないか……いつかRちゃんが、O沢さんに殺されるという。どうしてもそう思えてしまい、桐野さんは綿あめが苦手になった。

それ以来、縁日のたぐいに行くこともなくなったそうだ。

ばしゅしゅが食べたい

「アイツ」の名前にまつわるお話である。

小麦粉と卵の生地の中に餡が入った、分厚い円盤状の――今川焼き、大判焼き、回転焼きなど無数の名を持っており、たびたび論争の的になるアイツのことだ。

仕事が早番の水曜の夕方は、市の総合病院に入院している祖母を見舞うのがその頃の祐介さんのルーティンになっていた。

八十を過ぎても矍鑠としていた祖母だったが、買い物帰りに転んで腰の骨を折って以来、寝たきりの入院生活のためか急速に認知症が進んでしまっていた。処方されている鎮痛剤の影響もあったのか、この二か月ほどは顔を出しても寝ているか、朦朧としていてろくに会話できないような状態だった。

それが、その日は久しぶりに意識が多少清明で、言葉を交わすことができたという。三十過ぎの勤め人の祐介さんに開口一番、「ゆうちゃん、学校は良いのかい?」と言ってきたのにはズッコケそうになったが、昔の思い出話や近所の人の悪口を嬉々として話すお喋り好きのおばあちゃんを久しぶりに見られて嬉しかった。

「病院だからかんかない（仕方ない）んだけども、ここはごはんがまずくてねぇ」

祖母はそう言って渋い顔をする。

「なんか、おいしいものが食べたいね。甘いものがさ」

「今度お見舞いに来るとき、なんか差し入れに買ってこようか？」

祐介さんが言うと、祖母は笑顔になって、

「そしたら、ばしゅばしゅが食べたいねぇ」

祖母はうっとりしたような表情を浮かべて、そう繰り返す。

「ばしゅしゅが、たべたい、ねぇ」

ああ——祐介さんの脳裡に、子供の頃に祖母から聞いた昔話が甦った。

祖母は生け花のお稽古をやっていて週に一度、土曜の午後に公民館へ通っていた。その帰り道に、馴染みの和菓子屋さんの店頭で焼いている今川焼き（その店ではそう呼んでいた）を買ってきてくれるのが祐介さんの楽しみだったという。

家族みんなで今川焼きを食べている時、祖母がこんな話をしてくれたことがあった。

「あたしの生まれたあたりでは、これを『ばしゅしゅ』って呼んでたんだよ。馬の主の首って書くんだ」

その昔、当地を治めていたお殿さまは伊賀守さまという方で、大変に気位が高く、乱暴な人だった。

ある時、伊賀守さまは将軍家から贈られた名馬をお披露目するために、馬廻《うままわり》と呼ばれる馬術に秀でた家臣たちを集め、みなで競争をすることにした。当然、伊賀守さまが勝つはずだったが、みなが加減して手綱を引く中、それに気づかない弥助という若者がなんと殿様を追い抜いてしまった。

伊賀守さまは恥をかかされたと激怒し、家臣に「首を取って参れ」と命じた。

弥助の飼い馬は国一の駿馬と有名だったのでみなは惜しんだが、殿さまの命令とあっては仕方ないと、その首を刎ねて献上した。すると、伊賀守さまは言った。

「馬のあるじの方の首はどうした？」

哀れな弥助は殺され、伊賀守さまは箱に詰めて届けられた首を見てやっと機嫌を直したという。

さて、そんな伊賀守さまには大好物があった。城下の菓子舗がつくる、中に餡の入った焼き菓子だ。菓子舗の主人は月に一度、菓子を箱に詰めて陣屋に献上していた。

菓子が届く日ばかりは、気難し屋の伊賀守さまも機嫌よくにこにこしていたので、それを見た家臣たちは陰でふざけて「殿さまが待ちわびていたようだが、いったいあの箱にはどこの馬主の首が入っているのだろうか」と言うようになった。

だから、このあたりでは餡の入った焼き菓子を「馬主首」と呼ぶのだ――

「お義母さん、それ本当にあったことなんですか？」

母に聞かれても、祖母はさぁねと笑うだけだ。

「あたしも母親から聞かされただけで、調べたこともないからね。ただ、あたしの生まれた町ではコレをばしゅしゅって呼んでた……それだけは間違いない」

まだ小学校の低学年だった当時の祐介さんには少々、残酷で刺激の強い話だったから、強く印象に残っていて二十年以上経った今でも鮮明に思い出せたと言う。

懐かしくなって、ベッドで薄く微笑む祖母に祐介さんは告げた。

「分かった。じゃあ来週は『ばしゅしゅ』を買ってくるから、ちゃんと起きててね」

――だが、その約束は果たされなかった。

祖母の容体が急変し、亡くなったのは三日後だったそうだ。

相続の手続きにあたって、不思議なことが発覚した。戸籍謄本にある祖母の出生地が、実在しない町だと分かったのだ。

全部事項証明書上ではG＊＊県K＊＊郡に所在したことになっている「×見」なるその地名は、明治まで記録を遡って、また県内全域まで調査対象を広げても発見することができなかったという。

弁護士の先生はとりあえず、昭和三十年に近隣町村との合併で消滅した似た名前の町の誤記だと仮定して役所に相談し、滅失証明書を取ることで収めた（結局、除籍謄本は見つからなかったらしい）そうなのだが、息子である父も自信なさげだった。

「母さんが嫌がって、一度も向こうの実家には行ったことがないし、親戚づきあいもなかったから正直、本当にG＊＊県生まれなのかも分からないんだよな。言葉の訛りは確かにあの辺ぽかったけど……」

遺品にも、彼女の故郷を示すようなものは何もなかった。祖父は十年以上前に亡くなっていて「親と喧嘩して家を飛び出し、着の身着のままで上京しておじいちゃんに会ったんだ」という祖母の話を探ることもできない。

実は祐介さんも薄々、疑念を持っていた。G＊＊県出身の知人に「ばしゅしゅ」について訊ねたことがあり、「知らない。何それ」と笑われたからだ。ネットで検索してもそれらしい情報は出てこなかったし、その地域をかつて伊賀守と名乗る人物が統治していたという記録もない。

彼の祖母は本当は、どこで生まれたのだろうか。

「パラレルワールドから来たってことにするのが面白いですかね、オカルト的には？」

祐介さんはそう言って笑い、手元の冷めたばしゅしゅを——今川焼きを頬張った。

夢氷

かつての勤め先の先輩が白血病だと判って入院したと聞き、岡本さんは見舞いに訪れた。前職で一番仲が良かった人で、岡本さんが家業を継ぐために退職して十年近く経った今でも、何かと気にかけてくれる恩人だ。

病床の先輩はやはり少しやつれて見え、顔色も青白かった。ベッドから上体を起こすのも一苦労といった様子だったが、可愛がっていた後輩の来訪を喜んでくれ、かつての同僚たちの噂話や入院生活の愚痴でひとしきり盛り上がった。

……ふと会話が途切れ、沈黙が流れる。

すると、先輩がこんなことを言い出した。

「そういえば、お前にかき氷の夢の話ってしたことあったっけ」

かき氷の夢の話。初耳だった。そう応えると、

「小三の時に見た夢なんだけどさ」

夢の中で俺は、校庭にいてさ。周りには同じクラスだった友達がみんないて。で、校庭の真ん中に、縁日に出てるようなかき氷の屋台があるんだよ。一軒だけポツン

とさ。

そこに知らないおじいさんが立ってて「かき氷だよーみんなおいでー」って呼ぶんだよ。まったく見たことないじいさんなんだけど、夢の中ではなぜか俺、その人を校長先生だと思ってんの。うん、全然違う人なんだよ。フロックコートって言うんだっけ？　昔の外国の執事みたいな恰好した、禿げてしわしわのじいさんなんだけどさ、すっげえ背が高いの。じいさん史上一番デカいんじゃね？　ってくらい。

その二メートル以上はあるデカいじいさんが、背中を丸めて屋台にぎゅうぎゅうに収まってて、みんなにかき氷を作ってくれるんだよ。ふふ、使ってるかき氷器がさ、その頃、俺んちにあったハンドルぐるぐる回して作る手動の、ペンギンの形のやつなんだよ。このへんがなんか夢っぽいんだよな。

俺たちはもうワクワクしながら並んでるの。で、ひとりひとり順番が来たらかき氷を渡されて、上からちっちゃい柄杓みたいなやつでシロップかけてもらえるんだけど、他のみんなは普通の赤いイチゴのシロップだったのに、俺だけ墨汁みたいな真っ黒な液体をぶっかけられてさ。なんか水墨画みたいになってんの。

それが嫌で嫌でさ。普通にまずそうだし、それ以上に俺だけみんなと違う色なのが恥ずかしい、みたいな気持ちになってて。で、みんなかき氷もらったら列になったまま学校の中入っていってさ、教室の自分の席に座るんだけど。

俺、黒いかき氷があまりにも嫌だったから、隣のショウゴくんの机に載ってるイチゴのかき氷とパッと取り替えたんだよ。ショウゴくんはなんかボーッとしててさ、交換されたのにも気づいてないわけ。

それで、チャイムが鳴ったんだよ。それを合図にみんなかき氷を食べ始めるんだけど、ショウゴくんを見たらスプーンとか使わないでもう手づかみで真っ黒なかき氷をモリモリ食いだして、「うめぇ！　うめぇ！」って言ってるの。

そういう夢を見てさ。

朝起きたら、すごい罪悪感で暗い気分になったんだよね。なんか、ショウゴくんに申し訳ないことしたなと思って。だからそれから何日か、給食のプリンあげたりとかショウゴくんにめっちゃ優しくしてみたんだ。本人はそりゃ戸惑ってたけど、まぁ夢の罪滅ぼしと言うかさ。

でもその一週間後に、ショウゴくん歩道橋から落ちて死んじゃってさ。

「ずーっと思ってるんだ。俺が黒いかき氷を食わせたからショウゴくん、死んだんじゃないかって」

本当は、黒いかき氷を渡された俺が死ぬはずだったんじゃないかって。

そう言って先輩は、岡本さんを見上げて力なく笑った。

「どうして、そんな話を？」

岡本さんは訊ねるが、先輩は微笑むばかりだ。

少し逡巡した後で、思い切って岡本さんは言葉を重ねた。

「もしかして先輩、また同じ夢を見たんですか？」

「……悪い岡本、俺ちょっと疲れたわ」

そう言って先輩は、こちらに背を向けて横になってしまった。

だから岡本さんはそれ以上、聞けなかった。

今度は黒いかき氷を食べちゃったんですか？　とは。

岡本さんには、喋っている口許から何度か覗いた先輩の舌が。

真っ黒に変色しているように見えたそうだ。

カフェ

飲み物にまつわる奇譚

喉が渇く

コロナ禍で職場がフルリモートに切り替わったのを機に、赤江くんは郊外のマンションに引っ越した。都心から電車で一時間半ほどの、閑静な住宅地だ。会社のそばに借りていた前の部屋より二千円安い家賃で、広さが三倍になったという。

ただ、住み始めた頃は「夜が早い」のに驚いたそうだ。九時を回ると駅前の大きな通りでもほとんどの店が閉まる。コロナのせいかと思ったが、どうやら元々の営業時間がどこもそうらしい。

だから深夜に何か買い出しに行こうと思い立った時には、一駅向こうにある二十四時間営業の大型スーパーまで自転車を走らせるという。夜風に吹かれて歌でもうたいながら、ほぼ人通りのない二キロほどの国道を行くのはなかなかに爽快で、家で座りっぱなしの毎日の気分転換と運動不足解消にちょうど良いのだそうだ。

赤江くんには、そんな深夜のお買い物のたびに必ず「ついで買い」するものがあった。少しマイナーなスポーツ飲料。高校時代、購買部の自販機にあって毎日のように飲んでいた思い出のドリンクだが、他で売っているのを見たことがなかった。それがくだんのスーパーに並んでいるのを発見したものだから、嬉しくなって毎回、購入して帰り道で飲んでいたという。

その夜も、ちょうどスーパーと自宅の中間地点くらいの路上で喉の渇きを覚え、赤江くんは自転車を停めて前かごの袋からドリンクの缶ボトルを取り上げた。

ほとんど一息に流し込んで息をつくと、前から小型犬を連れたおじいさんが歩いてきた。おじいさんは赤江くんに軽く会釈すると、「今夜は蒸しますね」と言ってウエストポーチから麦茶のペットボトルを取り出して飲み始めた。

犬を撫でさせてもらって他愛もない会話を二、三、交わし、なんだか良い気分でその日は帰路についた。

それから二週間ほどした別の晩。ストックが切れていたトイレットペーパーを買いに出た赤江くんは、途中の路上に突っ立っている女性の後ろ姿を見た。車道に降りて、横を通る。仕事帰りなのだろうスーツ姿の若い女の人。ミネラルウォーターのボトルを美味しそうに飲み干している。

ふと、あの犬を連れたおじいさんのことを思い出した。あの人も、この辺りで麦茶を飲んでいたな。……そう言えば、俺もいつも、帰り道のこの辺りでドリンクを開けていなかったか。

元は何かの商いをやっていたのだろう、国道に間口を向けた住宅が並ぶエリアが途切れ、背の高いブロック塀が続く一角。意識したことはなかったが、思い返せばいつも、この灰色の塀が始まるあたりで喉が渇いた気がして、自転車を停めていた気がする。

そういえば、ここってなんなんだろう？

塀の向こうを見上げて、赤江くんは絶句した。

視線の高さほどのブロック塀の、さらにその上に覗いているものにそれまで赤江くんは気づいていなかった。

連なる墓石と無数の卒塔婆。そこは墓地だった。

「いや、そりゃお墓だって気づいた時にはゾッとしましたけど、寝て起きて一日経ったらちょっとは冷静になるじゃないですか」

赤江くんは優しくて不器用な男である。

「思ったんですよ。もしあのお墓に居る誰かが、すごく喉が渇いてるってメッセージだったら気の毒だなって」

翌日、赤江くんはスーパーで偏愛のスポーツ飲料を段ボールで何箱も購入し、墓地を訪れてすべての墓の前にボトルを供えて回ったらしい。

掃除に来た管理者の方と行き会って「あんまり、知らない人のお墓に勝手にお参りしない方が良いですよ」とやんわり叱られたそうだが、

「今の時点で祟られてはいないので、みんな気に入ってくれたんだと思います。なんせ美味しいですからね」

赤江くんは愛するドリンクに胸を張っている。

私の好きなジュース

十年ほど前のこと。浅倉くんは社会人一年目だった。

彼が叔父さんから大型のSUV車を譲り受けたことで、高校以来の遊び仲間グループの活動範囲は一気に広がった。日帰り弾丸ツアーの温泉旅行や地方の珍博物館巡り、正月には夜通し走って隣県の海岸まで初日の出を見に行った。

そして夏本番も近づく七月、グループのひとりが提案した。

「ベタな怪談でよくある『心霊スポットにみんなでドライブに行く』やつやろうぜ！」

そりゃ面白そうだとなり、行き先をみんなで探した。

『心霊スポットランキング』なるサイトを見つつ、遵法精神はちゃんと持ち合わせているメンバーなので「ここは私有地って書いてあるから駄目だね」「この村自体は廃村だけど、近くにはまだ人が住んでるみたいだから夜行ったら迷惑だね」などと穏当な協議の末、彼らの地元から車で一時間ほどのところにある山間のさる旧道トンネルに決まった。

その週末、浅倉くんはひとりで旧道トンネルの下見に出かけた。

いつもの仲間だけなら道に迷おうが、行った先が怖いお兄さんたちの溜まり場になっていて逃げ帰ろうが笑い話にできるが、ひとりが「そういうの興味あるって言ってる女友達も呼んでも良い？」と言い出し、どうやらその子は彼が片思いしている相手だと聞いたので、友に恥をかかせないため万全の準備で臨む心構えだった。

周囲を山に囲まれていると、日の入りが早い。

道の左右が鬱蒼と茂った落葉樹に囲まれていることもあって、夏の六時前だというのにもう薄暗くなっていた。

ふと、喉の渇きを覚えたのは、前方に小さく自動販売機の灯りを見つけたからかもしれない。

この辺りは冬になると、けっこう雪が降るのだろう。自販機は波板と角材を組み合わせてつくられた簡易な囲いに収まっていて、なんとなくお地蔵さんの祠を思わせた。

人通りもなく、周囲に民家やバス停の類もないこんな場所に自販機を置いて、採算が取れるのだろうか。

ひとつ売り上げに貢献してやろうと車を停め、財布を手に降りる。

近づいてみると、ずいぶん年季の入った自販機だと分かった。曇ったウインドーの中には、その当時でも見かけなくなっていた、細長いスチール缶がずらりと並んでいた。見本のパッケージもどれもずいぶん古めかしいものに見え、日に焼けてほとんど白く消えかかっている。

煌々と灯りが点いていなければ、稼働中とは思わなかっただろう。

動いているどころか、並んだボタンのランプが光っていた。まだお金は入れていないのに……前にここで買った誰かが、お釣りを取り忘れたのだろうか。

それなら、悪いけどご馳走になるか。

本当に見本通りの昔の缶が出てきたらびっくりするなと思いつつ、浅倉くんは子供の頃好きだったオレンジジュースを選んだ。

ガコッ、という音が響いた。取り出し口に手を入れ。

浅倉くんはゾッとして缶を取り落とした。缶は何年も海の底で洗われたような、真っ赤なサビに覆われていた。

その瞬間だった。浅倉くんの耳元で、囁くような声がした。

「私もそれ好きなんだよねーーーーーーーーーーーーーーーーー」

ぎょっとして辺りを見回したが誰もいない。なのに、声が耳にまとわりつくように終わらない。

え――――という音が、ずっと耳の奥で反響している。

やばいやばいやばい。

そんなことは初めての経験だったそうだ。浅倉くんは慌てて車に戻り、アクセルを踏み出た。

込んで今来た道を戻った。

いつの間にか声の残響は消えていたが、それに彼が気づいたのは山を下りた麓の交差点で、赤信号で停まった時だった。

心霊スポット探検は、浅倉くんが詫びを入れて中止にしてもらった。理由を言ったら面白がりそうな連中だったから車が故障したと嘘をついたそうだ。

心霊スポットとして有名な旧道トンネルからはかなり離れていたから、何か別の謂れがある場所だったんだろうかと後になって調べてみたらしい。

その山でかつて、高校生の女の子が行方不明になって今も見つかっていないというニュース記事が引っかかったそうだ。

家族が作ったという情報提供を求めるWEBサイトへのリンクがあり、飛んでみると掲載された少女の写真の中に、あの缶ジュースを飲んでいるものがあって驚いたという。

——では、浅倉くんが聞いたのはその少女の声だったのだろうか。

「だったら、怖いけど納得できる話なんですがね」

浅倉くんは眉を顰める。

「俺が聞いたのは、野太い男の声だったんですよ」

七夕の夜に

一見すると少々不気味な写真である。

神社で撮られた一枚の写真。鳥居とずらりと並んだ提灯を背景に、五人の浴衣姿の子供が並んで写っている。

子供たちはみんな、それぞれ異なる落書きのような顔が描かれた紙のお面を着けていて、その素顔は分からない。

有栖さんが二十数年前の夏、撮ってもらった写真だ。

「最近、夏バテ予防だとか言って、暑い季節にも缶の甘酒を売ってるじゃないですか。自販機とかでそれを見るたびに『ロウソク出せ』のお祭りを思い出すんですよね」

有栖さんは小学二年生だった。

里帰り出産を希望した母親に連れられて、七月の初めから祖母の家に泊まっていた。飛行機で二時間、それからバスで一時間。子供にとっては別世界のように遠い海沿いの小さな町だ。

「児童館に行ったら同じ年頃の子たちと友達になれるよ」と祖母が登録カードを作ってくれたので、お昼ごはんを食べた後はほとんど毎日、通っていたそうだ。

今になって思えば、母の対応で手一杯だった祖母に体よく厄介払いされていたのだろうと有栖さんは笑う。

最初は図書コーナーでひとりで『かいけつゾロリ』を読んでいたのだが、「それ好きなの？」と声をかけてくれた女の子がいた。

それをきっかけに、ミヅキちゃんというその子と会えばお喋りするようになった。彼女の橋渡しで、地元の子供たちの輪にも入れてもらえるようになったという。ミヅキちゃんとその友達ふたりのグループにくっついて、四人で遊ぶことが多かったそうだ。

ある日の帰り、ミヅキちゃんに言われた。

「八日は児童館に来れる？『ロウソク出せ出せ』があるから一緒に回ろうよ」

その地域では月遅れの七夕、八月七日の夕方に子供たちが「ロウソク出ーせ、出ーせーよ」という掛け声とともに家々を訪ね歩き、お菓子をもらうという行事があった。一通り町内を回り終わって最後に神社にお参りに行くと、甘酒が用意されているそうだ。

帰宅して母と祖母にその話をすると、

「ロウソクもらいに行く時は浴衣を着るんだよ。じゃあ買ってあげなきゃね」

娘に、行事に誘ってくれるようなお友達ができたことに安堵したのだろう。母は目を細めて頭を撫でてくれた。

八月七日の夕方。おろしたての浴衣を着つけてもらって有栖さんは出かけた。

児童館に集まった十五人ほどの子供たちに、職員の先生が声をかける。

「じゃあまずは、工作室でお面を作ります」

画用紙を円く切って、クレヨンで顔を描いたら目の部分を鉛筆で刺して穴を空ける。左右の端にも穴を空け、輪ゴムを通して耳に引っかけられるようにして完成だ。先生が見本に、下手くそなドラえもんの絵を描いてみんなを笑わせた。

「お面を着けたら、最後に神社に行くまで外しちゃ駄目ですよ」

ドラえもんの先生が提灯を持って先導して、みんなで一列になって通りを歩く。

「ロウソク出ーせ、出ーせーよ、ロウソク出ーせ、出ーせーよ」

みんなで声を合わせて歌う。単純な節回しなので、有栖さんにもすぐ覚えられた。

「こーの子どーこの子、サーンノさんの子、ロウソク出ーせ、出ーせーよ」

事前に子供たちが訪ねることを伝えてあるのだろう。どこの家のチャイムを鳴らしてもおばさんやおじさんが笑顔で出てきて、駄菓子を詰めた袋を子供の人数分だけ用意してくれていた。有栖さんの祖父母の家にも立ち寄った時には、なんだかちょっと照れくさいような気持ちになった。

二十軒ほども回って、有栖さんたちは町はずれの神社に到着した。

長い石段を登って、三角屋根みたいな破風が載った鳥居をくぐる。

境内には木を組んで小さな焚火が灯されていて、その横には運動会で立つようなテントが張られていた。

宮司さんなのだろう白衣に袴姿のおじさんと、お母さんがたが出迎えてくれた。

「お面はここでお焚き上げします。ありがとうございました、って言って火の中に投げて」

先生が指示するのを聞いていたら、後ろから袖を引かれた。ミヅキちゃんだった。

「ねえ！　燃やしちゃう前にお面着けたまま写真撮ろうよ」

そうして、いつもの四人組でミヅキちゃんのお母さんに撮ってもらったのが、冒頭で言及した写真だ。

テントの中では、氷を張ったクーラーボックスに瓶の甘酒が冷やされていた。紙コップに酌んでもらって飲む。気に入ったのか、何杯もお代わりしている男の子がいてみんなで笑ったのを覚えているそうだ。

集まったお菓子はみんなで分けた。余った分はじゃんけんして、有栖さんも金平糖の小袋をひとつもらったという。

「この写真は一週間くらいしてミヅキちゃんが児童館に持ってきてくれたんです。『えっ、なんで？』ってみんなびっくりしちゃって」

ひとり多いんですよ。有栖さんは言う。

いつもの四人組で撮ったはずなのに、写真には五人写っている。

「しかも変なのは、みんなこの五人の中の、どれが自分なのか思い出せなかったんです」

夕刻の薄闇で撮った写真なので、フラッシュで色が飛んでしまったのか五人とも、真っ白い着物を着ているように写っている。実際には水色やパステルピンクの、色も柄も違う浴衣だったそうなのだが。

しかし浴衣の色や背格好で判別できなくても、みんな自分で作ったお面を着けているのだから……

「それが。私もみんなも、自分がどんなお面を着けてたのかも、他の子がどんなお面だったかも覚えてなかったんですよ。たった一週間前のことなのに」

彼女たち四人だけではなかった。あの日一緒に回った別の友達に訊いてみると、自分がどんなお面を作ったか忘れてしまっていた子が何人もいた。

だから、写り込んだ「五人目」がどの子かすら、分からないのだという。

ミヅキさんたちとの交流は今も続いているそうだ。

祖母は既に亡くなっているが、有栖さんは昨年もその海沿いの町まで遊びに行ったという。

「写真のせいで怖い思い出になりそうだった七夕の夜のことを、救ってくれたのは祖母なんです。お祖母ちゃんの言葉のおかげで、あの町のことも、友達のことも今も好きでいられてるんだと思う」

有栖さんの祖母は五人の写真について、こう絵解きしたそうだ。

――お祭りの夜にはね、人が楽しそうなことをやってると思って子供の神様が遊びに来るんだよ。こうやって人の子供に紛れ込んでね。

――怖がったら可哀想だよ。有栖ちゃんも、ミヅキちゃんたちに仲間に入れてもらえて嬉しかっただろう？　友達になりたいって子には、お前も優しくしてあげなさい。

祖母の言葉で、不思議な写真も思い出として受け入れることができたという。

そんな有栖さん、現在バツ2でどうにも、生活力皆無の駄目な男にばかり引っかかってしまうらしい。

自分を頼ってくる男についつい絆され、甘やかしてしまうのだそうで「お祖母ちゃんの教えを真に受けすぎた」と有栖さんは笑う。そんな責任転嫁をされたら、さすがにお祖母ちゃんも天国でびっくりしているに違いない。

終わりに

本日はご来店ありがとうございました。

『美喰礼賛』、楽しんでいただけましたら幸いです。

本格的に怖い話を集めたり、人前で語ったりするようになって三年ほどになりますが、驚かされるのは「こんなにみんな、変な体験をしたことがあるんだ」ということです。

考えてみれば、自分の中で理屈をつけられない体験というのは、なかなか他人に話しづらいものです。あんまり変な話をして不思議ちゃんだと思われても困りますからね。

実際、本書に収録したお話のいくつかは、これまで怪談話なんてしたこともない友人に「今度、こんな本を書くんだけどさ」と話したら突然、ぽろっと語ってくれたものだったりします。お、お前そんな話を隠してたのかよ……！　と、狼狽してしまいました。

怪談マンスリーコンテストで何度か「最恐賞」を頂き、幸甚にも何冊かの怪談本に寄稿させていただくようになって一番有難かったことは、もしかすると「怪談作家みたいなことをやってて、怖い話や不思議な話を集めてるんですよ」という、人から「変な体験」を聞き出す口実、一種の免罪符を手に入れたことかもしれません。

読者の皆さまもご縁があったら是非、体験された不思議な話、変な話、聞かせてくださいね。

最後に。
本書に収録されたお話を教えてくださったすべての提供者の皆さまに。
収集に協力してくれた友人のK田くん、I井くん、N尾くん、H口くんに。
中国語圏の怪談や民話について情報提供いただいた翻訳家の張舟先生に。
担当編集として私を励まし、支えてくださった竹書房のOさんに。
そして、本書をお手に取っていただいた読者の皆さまに心から感謝申し上げます。

またどこかでお目にかかりましょう！

二〇二四年七月　宿屋ヒルベルト

★読者アンケートのお願い

本書のご感想をお寄せください。アンケートをお寄せいただきました方から抽選で５名様に図書カードを差し上げます。
（締切：2024年９月30日まで）

応募フォームはこちら

怪の帖　美喰礼賛

2024年９月５日　初版第一刷発行

著者…………宿屋ヒルベルト
カバーデザイン…………橋元浩明（sowhat.Inc）

発行所…………株式会社　竹書房
〒102-0075　東京都千代田区三番町8-1　三番町東急ビル6F
email: info@takeshobo.co.jp
https://www.takeshobo.co.jp
印刷・製本…………中央精版印刷株式会社